JÚLIA

B. Kucinski

Grafia atualizada segundo o Acordo Ortográfico da Língua Portuguesa de 1990, que entrou em vigor no Brasil em 2009.

Edição: Haroldo Ceravolo Sereza / Joana Monteleone
Editora assistente: Danielly de Jesus Teles
Projeto gráfico, diagramação e capa: Danielly de Jesus Teles
Assistente acadêmica: Tamara Santos
Revisão: Alexandra Colontini
Arte da capa: desenho de Enio Squeff

CIP-BRASIL. CATALOGAÇÃO-NA-FONTE
SINDICATO NACIONAL DOS EDITORES DE LIVROS, RJ

K97J

Kucinski, B.
Júlia : nos campos conflagrados do Senhor / B. Kucinski. - 1. ed. - São Paulo : Alameda, 2020.
184 p. ; 21 cm.

ISBN 978-65-86081-29-9

1. Ficção brasileira. I. Título

20-64403 CDD: 869.3
CDU: 82-3(81)

ALAMEDA CASA EDITORIAL
Rua 13 de Maio, 353 – Bela Vista
CEP 01327-000 – São Paulo, SP
Tel. (11) 3012-2403
www.alamedaeditorial.com.br

Para Celso e Adriana,
que inspiraram personagens desta ficção

Nota do editor: Por sugestação do autor, os dois tempos da narrativa diferenciam-se pelo uso de fontes tipográficas distintas.

Ninguém pode ser ao mesmo tempo
socialista e um bom católico

Carta Encíclica Quadragésimo ano, de
Sua Santidade Papa Pio XI

Não vejo como ser cristão
sem ser revolucionário

Frei Tito de Alencar; em
Um homem Torturado,
Leneide Duarte-Plon e
Clarissa Meirelles

SUMÁRIO

I

O PRESSENTIMENTO

Estavam apenas os irmãos. As cunhadas não tinham vindo. O tabelião concluiu a leitura do formal de partilha:

— Divida-se o monte-mor em três partes iguais.

— Mas e o apartamento!? Ela exclamou — Dividir um apartamento?! Como?!

— Ora, Ju, vendendo! Responderam os dois, em uníssono.

— O que se divide é o dinheiro, sua boba, Lair completou.

Chamara-a de boba. E pensar que se tivesse vendido, jamais teria sabido. O Beto sabia, sempre soube e nunca disse nada. É verdade que os dois foram desde sempre distantes. Mas, guardar um segredo desses? Um pressentimento a fez reter o apartamento, pressentimento pertinaz, insistente. Não venda, dizia uma voz interior. E não vendeu, enfrentando para próprio espanto irmãos e cunhadas. Mesmo ao partir, não vendeu, alugou. E assim foi se dando a improvável sucessão de acasos que a levaram à descoberta dos papéis.

O pai costumava dizer que o destino não existe, o destino a gente faz. Dizia isso para contestar a mãe que atribuía tudo à vontade de Deus. Mas como explicar tantos acasos? E as assombrosas coincidências? Ter se ajoelhado ao lado de velha do lenço preto com bolinhas brancas? E o canalha do Danilo precisar de um apartamento de quatro quartos justamente às vésperas da partida?

Não fosse a necessidade de reparar os estragos do Danilo, jamais teria achado o estojo. Jamais! E o estojo foi o começo de tudo. Talvez já suspeitasse de algo escondido no aposento solene dos pais, mais capela que quarto de dormir, as cortinas eternamente cerradas, a penumbra mal perturbada pelas candeias do oratório. De pequenos, ela e o Lair metiam-se sorrateiros entre os pais por debaixo dos lençóis, mas não tardava a mãe a ralhar: aqui não, brinquem lá fora. E os afastava com firmeza. Aquele aposento tornou-se lugar dos mistérios. Depois da reforma, veio a ordem do pai, peremptória: estavam proibidos de ali entrar. Beto vivia longe, na faculdade, não precisou de advertência. Só agora, entende a interdição.

Espaços outros para brincar não faltavam. Era um vasto apartamento. Além da profusão de quartos e salas, e dos largos corredores, tinha o estupendo terraço, que ia de uma ponta a outra do edifício. Num dos seus extremos ficava a piscina com o deck; no outro, os vasos de palmeiras e bromélias e o tabuleiro do papagaio Sócrates, que ali se aboletava para dormir.

Durante o dia, o papagaio voejava pelo apartamento, pousando nas partes mais altas de onde observava atento a movimentação da casa, revirando suas enormes pupilas, como se fosse um fiscal de trânsito. Ao soar o telefone, imitava com perfeição a voz aguda da mãe: Durval, telefone! Durval, telefone!!

Ah... O pai ao telefone... Sempre ao telefone, e sempre respondendo à meia voz ou por monossílabos. E ela, agarrada às suas calças, tentando inutilmente adivinhar com quem ele falava. Quando ele terminava, ela perguntava pai, o que você estava cochichando? Você me conta? O pai nunca contava.

Com a morte da mãe, Lair foi para o semi-interno e ela assumiu o comando. Zelava pelo pai quase como esposa, para nada lhe faltar e assim afastá-lo da tentação de se casar de novo, rendendo-se às maquinações de amigos e da tia Hortência, ideia que apavorava tanto a ela como ao Lair. Beto também não queria que o pai se casasse de novo, mas muito não se importava. Tinha mulher e apartamento próprio, não precisava aguentar madrasta. Ela sempre achou que a preocupação dele era a herança. Não que Beto fosse mesquinho ou ganancioso. Era um desconfiado, talvez um pouco cínico. Devia achar que, se uma mulher quisesse casar com o pai cinquentão, só podia ser por interesse. Dos três, Beto era o único com senso prático.

Quando o enfarte levou o pai, os irmãos quiseram vender o apartamento. Compre um menor, na região do Ibirapuera, ou na Vila Mariana, mais perto do Biológico, aconselhou o Beto. Lair reforçou: não tem sentido você manter um apartamento desse tamanho. Os dois sabiam que ela não estava em modos de casar e ter filhos. Certamente não antes de terminar o doutorado. E mal completara o mestrado. Ela mesma havia dito isso, mais de uma vez.

Ela, porém, fincou pé. No apartamento estavam as réplicas que ela armava enquanto o pai lhe contava histórias da aviação, a casa de bonecas de três andares montada pelo pai, a mesinha de xadrez na qual disputava partidas com o pai e às vezes com o Lair. Perder o apartamento era perder o pai duas vezes. Por isso o quis manter; não por cobiça. Talvez também por um vago temor, receio de enfrentar o novo. E por causa do pressentimento, é claro.

O Lair, tão chegado a ela, nem dois anos de diferença, insistiu mais ainda que o Beto para que ela vendesse. Chamou-a de sentimentaloide. Decerto, pressão da mulher, de olho no dinheiro e, como sempre, enciumada da afeição entre os dois. Devia achar que o apartamento prolongaria uma intimidade, para a cunhada, quase incestuosa.

Por fim, os irmãos cederam. E fecharam um acordo. Feitas as contas, ela quitou com seu quinhão no dinheiro da herança a parte do Beto, que já havia recebido um apartamento do pai, depois da morte da mãe, e pagou um terço da parte do Lair. O saldo devido ao Lair, ela pagaria em prestações mensais.

Beto fizera então aquele comentário estranho, logo você ficar com o apartamento, que ironia. Ironia por quê? Ela perguntou. Por ser a caçula? Por ser mulher? Por ser solteira e não ter filhos? Esquece, não é nada, ele respondera. Afeita a seus comentários mordazes, ela não dera importância. Somente ao encontrar o estojo veio a entender o sentido daquela fala.

2
Trinta anos antes

Quando o bedel trouxe a informação, Durval ultimava o projeto da fresa vertical. Estupefato, pediu para o bedel repetir. Dos doze estudantes presos, três eram seus bolsistas. Durval anotou os nomes dos doze. Em seguida, enrolou o desenho, recolocou os tira-linhas no estojo e guardou tudo na gaveta da prancheta. Ao mesmo tempo, avaliava junto a quem interceder pelos alunos.

De início, dera pouca importância aos acontecimentos. Em poucos dias, chocado com as notícias de prisões e a fuga do presidente, admitira o engano. Mas não imaginara que chegassem ao extremo de prender estudantes, menos ainda da forma relatada pelo bedel. Um oficial, acompanhado de dois praças, irrompia na sala de aula, berrava nomes de alunos e assim que eles se identificavam eram retirados pelos soldados.

Durval decidiu apelar ao diretor do instituto, brigadeiro Vilhena, que fora seu colega de doutorado. Meia hora depois, era recebido por um Vilhena nervoso como nunca vira, ríspido até quase o final da curta conversa, quando se tornou subitamente amigável, quase como pai orientando filho.

— Não se meta nisso, Durval, é o que aconselho, a coisa é feia e está só no começo.

— Mas, prender estudantes...

— Ordens não se discutem.

Baixando a voz, acrescentou:

— Foram levados a um navio ancorado em Santos com outros de São Paulo e da baixada; é só o que posso te dizer.

Encarcerar estudantes num navio? Estão loucos, pensou Durval. Conhecia cada um deles, eram irreverentes, sem dúvida, e politizados, mas nada disso é motivo para prender. E nem importa o que pensavam, nem mesmo o que faziam; se foram presos sem processo, sem nada, a questão era moral, não era política.

Durval passa uma hora informando-se pelo telefone com amigos de São Paulo. Fica sabendo da prisão de um colega da turma de engenharia naval da Politécnica. A residência estudantil do campus estava em pé de guerra. Na Faculdade de Filosofia o clima era de medo. Alguns catedráticos não apareciam havia dias. Ao reler os jornais dos dias anteriores, que olhara apenas por alto, sente-se vexado pelo instantâneo de um líder camponês arrastado numa rua do Recife, de corda no pescoço e mãos atadas atrás das costas. Alarma-se. Crueldade gratuita. Sintoma de ódio represado. E se estiverem maltratando seus estudantes? Sabe-se lá em que tipo de navio foram jogados?

Durval avalia a situação. Pelo tom do Vilhena, está claro que as famílias não foram avisadas. É o que decide fazer. Antes, precisa saber que navio é esse. Ancorado em Santos, dissera o brigadeiro Vilhena. Lembra-se, então, do Magno, o escrivão da Delegacia de Polícia de Santos que tomara seu depoimento no inquérito do roubo de material importado pelo instituto na alfândega do porto.

Tantas vezes teve que ir à seccional de Santos que se tornara amigo do escrivão. O rapaz aspirava ser delegado de polícia para desvendar crimes misteriosos e ficara fascinado pelos conhecimentos científicos de Durval. Alto e de testa larga, tinha modos cerimoniosos. Fizera tantas perguntas que Durval o presenteara com um vade-mécum de venenos e reagentes químicos, que tinha em duplicata. Lembrou-se que Magno havia recém passado no concurso para delegado. Não há tempo a perder. Durval disca para a Seccional de Santos e pede o escrivão Magno.

— Quem quer falar?

— Engenheiro Durval do ITA.

Passam-se minutos. Durval percebe pela demora e o barulho no fone que a delegacia está agitada. Súbito uma voz áspera:

— Sim, engenheiro, em que posso lhe servir?

Durval estranha a secura do escrivão, sempre tão educado. Nem o costumeiro bom dia, como vai. Hesita. Diz à meia voz:

— Trata-se de uns estudantes que foram levados a um navio ancorado em Santos, você, por acaso sabe...

É interrompido abruptamente:

— Doutor Durval, é preciso que o senhor venha assinar seu depoimento no inquérito sobre o desvio de material, há certa urgência...

Durval pega a deixa.

— Sim, claro, pode ser hoje mesmo?

— Quanto antes melhor, doutor Durval.

Durval olha as horas.

— São dez horas, por volta da uma chego aí, pode ser assim?

— Claro, fico aguardando.

Duas horas depois, Durval já está desembocando na Anchieta. Leva, para disfarçar, a pasta do inquérito da alfândega há muito encerrado. Na descida da serra, acompanha atento o noticiário da rádio difusora de São Vicente. A capitania dos portos ocupara todos os sindicatos da orla em cumprimento a um decreto federal de intervenção. Estão ocorrendo muitas prisões, diz o locutor. A cidade está em polvorosa. A capitania acusa os sindicatos de terem transformado Santos numa Moscou brasileira. Durval custa a acreditar no que está ouvindo. Que loucura! Onde será que isso vai parar?

A Serra do Mar está envolta em cerração. Não se enxerga mais que dez metros à frente. Os carros descem lentamente, em caravana e de faróis acesos. Na baixada de Cubatão, a neblina se mistura aos gases das usinas de fertilizantes e o ar se torna nauseabundo. Durval se apressa e ultrapassa, um após outro, os pesados caminhões que rumam em direção ao porto. Ao se aproximar da cidade, não há mais neblina, mas nuvens de chumbo turvam o céu e lhe ocorre que até a natureza estava de cara feia.

Ao contornar o Monte Serrat, Durval topa com uma barreira militar. Sente clima de guerra. O centro velho formiga de jipes do exército. Entra na Praça Rui Barbosa e dá com a prefeitura cercada por soldados. Estaciona duas quadras depois e caminha até a seccional, pouco adiante. Caminha devagar, atento. Há soldados por toda parte. Um carro de polícia passa veloz. Aqui e ali há uma loja de portas cerradas.

Ao dobrar a esquina percebe um grupo de mulheres altercando com o sentinela postado na entrada da delegacia, situada no meio do quarteirão. Um oficial surge lá de dentro e berra: Caiam fora! Vão reclamar com o bispo! As mulheres não arredam o pé. Do pátio lateral sai um camburão chiando os pneus. Durval dá com Magno recostado no muro contíguo à delegacia. O rapaz está de óculos escuros.

— Vamos ao nosso café, diz o escrivão adiantando-se.

O escrivão toma seu braço e o conduz com firmeza para o outro lado da rua, porém, não se detém na padaria em frente, onde costumavam tomar o café. Segue adiante, conduzindo Durval em silêncio, até alcançar a Rua da Constituição, distante três quadras da delegacia. Vira a esquina e entra num restaurante de porta estreita e interior escuro e comprido. Escolhe uma mesinha dos fundos e grita:

— Rosa, uma Brahma e dois copos.

Aguarda a cerveja em silêncio e tira os óculos escuros. Exibe olheiras profundas e olhos vermelhos. A face redonda e de testas largas do rapaz, que antes lembrava a de um bebê, parece ter subitamente envelhecido. Ou amadurecido?

A cerveja chega e o escrivão serve com mãos trêmulas. Só então fala:

— Os rapazes estão num navio chamado Raul Soares... Isso aqui está uma loucura, doutor Durval, prenderam todo mundo, as diretorias dos sindicatos, o pessoal do Fórum Sindical, até o prefeito Zé Gomes foi levado pro Raul Soares...

— Vejo que você está muito nervoso.

— Prenderam meu tio Nunes, doutor Durval, jogaram meu tio naquele porão, um homem bom que nunca fez mal a ninguém, um homem com trinta anos de estiva, contramestre, não é para ficar nervoso? Veio a perua da companhia com o motorista de sempre e em vez de levar o tio Nunes pras docas levou pro Raul Soares, sem dizer nada, sem avisar... De repente viraram todos uns filhos da puta.

Durval calcula que o escrivão deve estar noites sem dormir e diz:

— Vamos pedir a comida e conversar com calma.

— Estou sem apetite, vou ficar na cerveja.

Durval acena à tal da Rosa, troca com ela algumas palavras e opta pelo contra-filé com fritas. A viagem o deixara faminto.

— Me fale das prisões.

— Estão prendendo na cidade toda, quem prende é o exército, mas a polícia civil e a Força Pública dão suporte; eu consegui me safar, não entrei na polícia para prender trabalhador, entrei pra prender bandido.

— É muita gente presa?

— Calculo que passam de quinhentos e ainda estão prendendo; o senhor não faz ideia, as cadeias estão lotadas, tem preso até no galpão da guarda noturna, que é uma empresa particular, é por isso que trouxeram essa merda desse navio.

— E como é o navio?

— É um vapor antigo, caindo aos pedaços, daqueles que traziam imigrantes, tão velho que veio do Rio de Janeiro rebocado. Está encalhado num banco de areia na Ilha Barnabé.

— E onde fica essa ilha?

— Dentro do estuário; ilha é só no nome, é um terminal de combustível abandonado. As famílias estão lá de vigília, se revezando.

— E como é dentro do navio?

— A gente sabe pouco, tem um grumete que passa informação, mas só o geral, porque ninguém fala com os presos e nenhum deles ainda saiu de lá; ele disse que dividiram o porão em três calabouços improvisados, sem banheiros, sem beliche, cada um pior que o outro, tudo úmido, quente igual fornalha e fedendo mijo, e como o navio adernou, uma parte está alagada; disse que tem preso com água pela canela.

O escrivão baixa a voz à aproximação da Rosa com o almoço.

— Estou com medo do que pode acontecer com o tio Nunes; dizem que a única comida é uma pasta de arroz e feijão que já vem estragada; tem muita boataria, doutor Durval, dizem que tem gente com diarreia, que tem preso vomitando sangue, tem até o boato que viram caixão saindo do navio...

— Não dá pra conferir?

— Já pediram para deixar entrar médico e advogado, mas até agora não deixaram. Quem iria imaginar uma situação dessas? Parece o nazismo que a gente vê nos filmes. Esses milicos endoidaram.

— Quem é que manda?

— É o capitão Júlio de Sá da capitania dos portos, mas quem prende é o comandante do forte Itaipu, um major do exército, de nome Erasmo Dias; todos os dois truculentos, todos os dois uns belos filhos da puta.

Durval tenta formar um quadro da situação. Está abismado. O ódio represado parece estar em toda parte, não apenas no Nordeste.. Magno então lhe confidencia que está a fim de largar tudo, de não tomar posse no cargo de delegado, marcada para dali uma semana.

— Não entrei na polícia para prender trabalhador, repete.

Durval escuta, preocupado. O rapaz, que conhecera tão altivo e confiante, tão cheio de planos, parecia derreado. Até seu corpo estava murcho. Aconselhou-o a não largar a polícia. Agora, sim, é que você deve tomar posse. Estava com um tio preso, não estava? E outros... Amigos... Vizinhos. Pelo que estava contando o tio corria até perigo de vida.

Conversaram mais uma hora; aos poucos, Magno foi se acalmando. Durval conseguiu demovê-lo da ideia de largar a polícia. Depois disse que para garantir a vida do tio e dos outros era importante que os jornais publicassem os nomes dos presos. Primeira tarefa do jovem escrivão: compilar a lista dos presos e levá-la aos jornais. Ao mesmo tempo, descobrir como levar mensagens a eles, em especial aos estudantes do ITA.

Assim se iniciou a parceria entre o engenheiro Durval e o jovem escrivão Magno que perduraria por mais de uma década. Combinaram procedimentos. Durval telefonaria à noiva do Magno, chamada Vera, com quem o rapaz se encontrava quase todas as noites, e não mais à delegacia, e o escrivão ligaria à casa de Durval e não ao ITA. Ligariam, sempre que possível, de um orelhão e de preferência à noite.

Ao retornar, Durval passa pelo terminal da Ilha Barnabé. Quer ver o navio Raul Soares. No cais, um grupo de mulheres atazanava uns soldados. O barco distava uns cem metros do molhe, era longo e de casco negro comido de ferrugem. Estava inclinado e soltava um filete de fumaça escura por sua única chaminé.

Reforça-se em Durval a determinação de batalhar pela soltura dos estudantes. Embora exausto, decide avisar as famílias nessa mesma noite. O que acontecia no país ainda não estava claro, mas o que ele vira em Santos era muito pior do que imaginara. Prender estudantes e dirigentes sindicais já é coisa feia; maltratar e amontoar num porão alagado e fedendo urina é assustador.

Passa das oito quando Durval chega ao instituto. Chega cansado da longa viagem de ida e volta, mas sente-se excitado. Na secretaria de graduação pega as fichas dos alunos a pretexto de conferir notas e copia endereços e telefones. Fica sabendo que dois auxiliares técnicos do instituto também haviam sido presos.

Margarida o espera com o jantar. O menino Beto já comeu e assiste televisão. Durval avisa que depois terá que sair. Toma um banho e janta em silêncio. A mulher o observa preocupada, contudo nada pergunta. Um dos alunos presos é o Armando de Freitas Júnior, que mora em Taubaté, distante apenas vinte e poucos quilômetros. Um de seus melhores alunos. Começará pela família do Armando.

3
JÚLIA E SEU LABIRINTO

Júlia marcou a posse do apartamento pendurando no vestíbulo retratos do pai, da mãe, da tia Hortência, do Beto com a mulher e do Lair com a mulher e os dois sobrinhos. No resto, não mexeu. Era como iniciar um novo capítulo de uma história, respeitando os já escritos. Cada espaço evocava uma fase de sua vida, a infância no terraço, em estripulias com o Lair, a adolescência no escritório do pai, montando quebra-cabeças, a juventude em seu quarto, estudando e ouvindo música. Cada mobília remetia a uma cena recorrente, o pai de pé ao lado do console falando ao telefone em voz baixa, o Lair fazendo a lição de casa na mesinha baixa da biblioteca, a mãe cerzindo botões na cadeira de vime da sala.

De pequena tentava se antecipar às vontades da mãe, buscava seu convívio. Crescida foi se distanciando, incomodada pela beatice, a mãe sempre de terço na mão, e de um carinho dosado. Ao contrário do que fizera com as roupas da mãe, que logo doou, não se desfez das do pai. Tampouco mexeu em suas canetas, no estojo de barba e nos cachimbos que o pai manteve, embora tivesse deixado de fumar fazia anos. Tinha pelos objetos do pai quase veneração. Desfazer-se deles seria um sacrilégio. Tornou-se uma zeladora de memórias.

Entretanto, era o papagaio Sócrates que mais agudamente lhe recordava o pai. Ao abastecer seu cocho, o papagaio invariavelmente taramelava: Pai cheguei! Pai cheguei! Como a lembrá-la de quando regressava do colégio à tardinha e chamava antes de todos pelo pai. Sócrates demarcara a vida da família. Ela tinha quatro anos, quando o pai o trouxe de Cuiabá. Disseram-lhe que foi preciso podar suas asas para impedir que ele a atacasse, tomado de ciúmes. Sócrates não suportava vê-la no colo do pai. Depois que o pai morreu, passou a aceitá-la e por vezes até procurava seu ombro, como outrora pousava no do pai, como se quisesse compartilhar seu luto.

Como para não perturbar o lugar de suas memórias, dispensou a arrumadeira de vir todos os dias. Que viesse apenas nas segundas, para lavar e passar, e nas sextas, para dar uma geral deixar uns caldos preparados no freezer. Passou a cuidar só ela do apartamento. Aos sábados, arejava o quarto dos pais, ocupava-se das bromélias e trocava o jornal do tabuleiro de Sócrates. À tarde fazia o supermercado. Aos domingos, os sobrinhos vinham brincar na piscina. Nas vezes em que Lair os acompanhava, tomavam cerveja e proseavam longamente.

Longe da cunhada, Lair voltava a ser sua alma gêmea. Não tinham segredos um para o outro. Lair gostava de lembrar da infância. Júlia falava de seus planos de doutorado e revelava seus namoros, dos quais invariavelmente se enfadava. Sentia mais prazer na companhia das amigas, em especial da Carmem, e na do Lair.

Contudo, ao se aproximar o inverno, os sobrinhos deixaram de vir. Júlia de início não se importou, certa de que no verão retornariam. Todavia, não retornaram, nem no primeiro domingo de sol escaldante em que, certa da vinda deles, preparara uma torta de sorvete. Pensou em acidente, doença; à tardinha telefonou assustada e não era nada, apenas os sobrinhos tinham se tornado adolescentes e saído de sua vida. Chocada, Júlia passou a se questionar por ter mantido o enorme apartamento. Não se pode viver do passado ou através dos outros, como vinha fazendo, primeiro cuidando do pai, depois mimando sobrinhos. Ou como faz a tia Hortência, que acompanha compulsivamente o que se passa com cada pessoa da vila e até conhecidos distantes, qual espectadora de um teatro da vida protagonizado por todos menos por ela.

Se chegava tarde do instituto e Sócrates já dormia no poleiro, arrepiava-se na solidão do vasto apartamento. Muitas vezes postergou a volta, pegando de supetão uma sessão qualquer de cinema, sem se importar com o filme. Ou parando na Carmem, para jantar. Ocorre que a Carmem tinha companheiro com quem saía muito, e Júlia detestava se intrometer. Passou a prolongar a jornada no laboratório, embora sem entusiasmo pela pesquisa. Por vezes, ao se aproximar do edifício, descendo a Alameda Casa Branca, sentia impulsos de choro, antevendo a ausência do pai e do Lair. Assim que abria a porta, sabendo que Sócrates já dormia, ligava a televisão para ouvir vozes humanas. Não importava o canal ou o programa. Só precisavam ser vozes humanas. De manhã, ao sair, deixava de propósito o controle da tevê à mão, no console do vestíbulo.

Foi com alívio que aceitou o convite do seu chefe no Instituto Biológico, o professor Bittencourt, para trabalhar na fazenda experimental do instituto em Pirassununga. O professor fora muito amigo do pai e a tratava mais como afilhada do que como subordinada. Passou a viajar a Pirassununga a cada duas semanas. Durante os três dias em que permanecia na fazenda sentia-se como num retiro, com o conforto igual ao do apartamento, mas sem o peso das lembranças. Foram também semanas de algum encantamento pela pesquisa, graças ao modo cativante como o professor Bittencourt falava das plantas e tratava cada espécime de árvore como um indivíduo. O estágio resultou num trabalho científico sobre a progressão do fungo da tristeza em cultivares cítricos.

Porém, terminada a pesquisa e encerradas as temporadas na fazenda, voltou-lhe a aflição de viver só no apartamento. Foi quando conheceu Carlos no curso de pós, rapaz de rosto quase infantil, cabelos espetados e olhos ingênuos, vindo do interior. Gostaram-se. Em algumas quintas-feiras, depois da aula, ele a acompanhava até o apartamento, jantavam frugalmente e transavam. Carlos lhe lembrou um colega também de cabelos espetados e olhar assustado, com quem fizera sexo a primeira vez, num acampamento do colégio, nas Agulhas Negras. Sexo confuso. Com Carlos não era confuso, mas não tinha entrega. Ao acabar o curso, acabou com o Carlos. O anódino Carlos. Educado e simpático, mas anódino. Júlia custou a encontrar o adjetivo preciso.

Então, começaram os barulhos no teto do apartamento. Pisadas secas, rangidos de tábuas, estalidos. À tardezinha e nos fins de semana, o som grave de bola batendo no soalho. Uma família com três filhos ocupara o andar de cima. Os meninos jogavam futebol na sala, assim lhe pareceu. Júlia escreveu uma educada reclamação no livro de registros da portaria, mas nada mudou.

Se antes o silêncio a sufocava, agora a expectativa do próximo estalo no teto punha seus nervos à flor da pele. Numa segunda de manhã, insone e esgotada, foi reclamar com a vizinha de cima. Se a senhora está incomodada, que se mude, retrucou a mulher, uma quarentona de peitos enormes e cabelos espalhafatosos. Mas a senhora não poderia colocar tapetes para diminuir o barulho? Meus filhos são alérgicos, a mulher respondeu. E bateu a porta.

No sábado, a loira de cabelos espalhafatosos telefonou, simpática e tagarela. Cumprimentou, perguntou o que Júlia fazia, se era verdade que era cientista. Júlia pensou: enfim, os barulhos vão acabar. A mulher falou de tudo. Reclamou do aumento na taxa do condomínio, comentou a chacina do Carandiru, a renúncia do presidente Collor e, mais longamente, o assassinato da Daniela Perez por Guilherme de Pádua. Depois, falou do marido advogado e dos filhos – mas sem mencionar o bate bola. Falou sem parar durante vinte minutos. Súbito disse: bom, chega, já me diverti. E desligou. Júlia sentiu um choque. Seu corpo tremia.

Dois meses depois, recebeu a oferta de uma bolsa de doutorado no Imperial College, em Londres. Aceitou de pronto. Aceitou como fuga. Surgiu então a questão: o que fazer com o apartamento. Vender e liquidar antecipadamente a dívida com o Lair? Era o que o irmão queria. Era o que fazia sentido. Era a solução lógica. Contudo, se vendesse, teria que se desfazer de quase tudo que o apartamento continha. Um desmanche do passado. Haveria o antes e o depois. Um corte. Para tanto não estava preparada. Hesitou.

Deu-se, então, o primeiro dos acasos que a levariam à descoberta do estojo. Apareceu no instituto, como que enviado pela providência, um pesquisador à procura de um apartamento dotado de pelo menos quatro quartos. Danilo, simpático e muito educado, havia recém-chegado de Pernambuco, de onde estava trazendo mulher e três filhos, dois deles adolescentes. Alugou-o ao senhor Danilo por um valor módico em troca de ele não usar um dos aposentos, no qual ela armazenaria os objetos da família, e cuidar do Sócrates, pois as cunhadas não quiseram o papagaio. Beto receberia os alugueis, que repassaria ao Lair para abater da dívida, e cuidaria do que fosse preciso.

Júlia encantou-se com Londres e com a facilidade do doutorado. Ela nunca havia estado no exterior. O pequeno flat que alugara próximo ao Imperial College distava apenas cem metros do metrô. Antes das cinco da tarde podia dar o trabalho por encerrado e se punha a explorar a cidade até o anoitecer, ou pegava um concerto. Pela primeira vez na vida, podia caminhar só pelas ruas à noite ou tomar uma cerveja sem se sentir molestada. Aos domingos demorava-se nos museus ou ia à ópera. Em alguns fins de semana visitou castelos e em duas ocasiões foi a Paris. Logo, esqueceu por completo o apartamento. Assim, passou-se um ano rapidamente.

Não obstante, ao voltar por um mês, nas férias de verão, e se hospedar na Carmem, tomou um susto. Danilo acusara-a de parasita, uma latifundiária urbana, foi a expressão que usou. Dizia, a quem no instituto quisesse ouvir, que ela vivia à larga na Europa às custas de um pesquisador sem posses com três filhos para sustentar.

Possessa, Júlia bateu à porta do apartamento para pedir explicações.

Antes, perguntou por Sócrates.

— Morreu de pneumonia, respondeu Danilo, sem a convidar para entrar.

Muda de espanto, Júlia custou a se recompor. Só conseguiu balbuciar que queria o apartamento de volta.

— Entre na justiça e saiba que minha mulher é advogada, disse o Danilo. E bateu a porta na sua cara.

Júlia regressou a Londres sem retomar o apartamento. Inquietava-se ao imaginar o inquilino remexendo nos objetos do pai. Dormia mal e despertava irritada. Três meses depois, ao se iniciar o inverno londrino, com suas noites longas e frias e seus dias curtos e pegajosos, caiu em depressão. Passava dias sem trocar palavra com um ser humano. No cinema, perdia-se em elucubrações e acabava saindo antes do fim do filme. Num concerto em que se tocou uma peça para violino e orquestra de Mozart, sentiu-se tão absolutamente só, que chorou. No dia seguinte procurou seu médico no serviço nacional de saúde. Passou a tomar um antidepressivo.

A notícia do despejo do Danilo, obtido a custo pelo Beto, coincidiu com o início da primavera. Aos poucos, os pesadelos foram cessando. Júlia passou a dormir melhor. Embora sem recuperar inteiramente a alegria de quando iniciara o doutorado numa cidade tão majestosa, voltou-lhe a disposição ao trabalho. Ao terminar a primavera havia completado sua pesquisa e a submeteu ao coorientador, que a aprovou, um tanto surpreendido, como se dela nada estivesse esperando. Júlia marcou o retorno definitivo, confiante de estar preparada para a defesa da tese.

4
Maria do Rosário

É noite avançada quando Durval atinge Taubaté. A cidade dorme no rescaldo da canícula que a castigara durante o dia. O bairro Santa Rita está mal iluminado e a Rua Joaquim Távora quase às escuras. Durval localiza com dificuldade a casa que procura. É um sobradinho geminado. Antes de estacionar, por cautela, circunda o quarteirão.

Após muitos toques de campainha, a porta se abre e surge um senhor de cabelos grisalhos. Está de pijamas e tem olhar assustado.

— O Armandinho preso?!

O homem acende a luz da sala e chama a mulher, que aparece de camisola, descabelada e estrebuchando.

Confabulam à meia voz para não acordar a filha, que dorme de porta entreaberta no quarto ao lado. Durval capta o sussurro da mulher. Eu bem que adverti o Armando. Depois o lamento, ai meu Deus!

O homem pergunta:

— O senhor diz que ele está preso em Santos? Num navio?

— Foi o que consegui apurar.

— Mas que navio é esse?

— É um navio da marinha, chamado Raul Soares. Está ancorado na Ilha Barnabé, dentro do estuário, melhor tomarem nota.

A mulher, que parece mais despachada, pega uma caneta e um bloco na mesinha do telefone e escreve soletrando à meia voz Raul Soares, Ilha Barnabé...

— Acho melhor procurarem advogado, diz Durval.

— Advogado? Nunca na vida tratei com advogado.

Um homem simples, o filho esforçado e inteligente entrara na melhor escola de engenharia do país. Orgulho dos pais, da família. De repente, o drama, o filho preso. Pesaroso, Durval aconselha:

— Peça ajuda a parentes, talvez um deles conheça um advogado; o importante é se mexer e bem depressa; informem ao advogado que o navio está sob a guarda da capitania do porto de Santos.

— O Rodolfo, diz a mulher ao marido. Tio Rodolfo trabalha na prefeitura, conhece todo mundo...

Durval interrompe:

— A senhora sabe quem mais eu deveria avisar? Algum amigo do Armando? O pessoal com quem ele se reunia?

— Só conheço a Maria do Rosário, responde a mulher. Ela é da turma. É de São José. Às vezes aparece por aqui.

— Que turma? Durval pergunta, embora conheça a resposta, a turma da Juventude Universitária Católica.

A mulher não sabe dizer que turma. Só sabe que se reúnem na Paróquia da Vila Zezé toda quarta-feira à noite. Durval raciocina: já estão na madrugada de terça para quarta. Amanhã irá alertar essa Maria do Rosário.

Ao retornar, Durval estaciona num posto de gasolina e do orelhão liga para as demais famílias. É uma da madrugada, sabe que atenderão sonolentos e assustados. Dá a notícia de modo a não alarmar, mas enfatiza a necessidade de agir. Não sabiam das prisões. Por precaução, não se identifica. Um amigo, diz.

De volta ao carro se põe a pensar. Que situação! Sente necessidade imperiosa de agir, lembra dos dois técnicos do instituto que também foram presos e sente medo. Já havia esquecido o que é ter medo. Vem à sua mente a primeira vez que foi à zona, ainda menor, tremendo de medo, medo da polícia e medo de brochar.

Com quatro famílias não consegue falar. Ninguém atendeu.

Na manhã seguinte, ao passar na secretaria, fica sabendo da expulsão e cancelamento das matriculas dos doze alunos. Sente abatimento. Dois deles cursavam o último semestre. Mais três meses e estariam formados. É muita maldade, conclui Durval.

Ao se queixar da expulsão a dois professores mais chegados, Durval surpreende-se com a recepção fria e nervosa, como se ele próprio fosse uma ameaça. Lembra-se da advertência do brigadeiro – isso é só o começo – e desiste. Racional e metódico, Durval muda de comportamento. A partir daquele momento, dissimulação, prudência e boca fechada. E ação. Principalmente, ação.

À noite, conhece Maria do Rosário.

Num galpão semiaberto, atrás da igreja, moças e rapazes sentados em roda conversam em voz baixa. Assim que o percebem, passam a entoar um hino religioso. Durval nota olhares apreensivos. Ao se aproximar, uma morena esbelta e de cabelos longos encaracolados ergue-se e o intercepta. Surpreendido pela sua beleza, Durval perde por instantes a fala. A moça tem olhos negros, lábios carnudos, cintura fina e seios empinados. Esta de jeans e blusa branca, Fita-o com olhar intenso:

— O senhor procura alguém?

— A Maria do Rosário.

— Sou eu.

— Eu sou o professor Durval, do ITA

Ela enlaça seu braço e o conduz a um canto. Diz em voz baixa que sabe das prisões e que também o conhece de nome. Os alunos falam das máquinas que inventa.

— Como você ficou sabendo das prisões?

— Não importa, temos o nosso esquema.

Durval indaga sobre o grupo ali reunido e se convence, em poucos minutos, que a moça é confiável. Só então relata a visita aos pais do Armando, os telefonemas às famílias e pede que ela avise as que faltam. Passa a ela um papel com nomes e números dos telefones. Hesita se deve acrescentar seu próprio número de telefone e decide que é melhor não. Ainda não.

— Diga que estão presos num navio chamado Raul Soares, ancorado no estuário de Santos, e quem manda é o capitão Júlio de Sá. Estão em péssimas condições. Diga isso sem assustar, mas de modo que se mexam mesmo.

Antes de se despedir, Durval informa que os alunos foram expulsos e combina encontrá-la no dia seguinte, ali mesmo, à mesma hora. Tentaria descobrir o que mais fosse possível. Essa Maria do Rosário deve ter uns dezoito anos, calcula, ao retornar ao carro. Vai ser bonita assim nos infernos.

5
DESCOBERTA

Júlia depara consternada com os estragos do Danilo no apartamento. Sulcos profundos nos soalhos e paredes. Duas pias trincadas. É como se um batalhão tivesse ali acampado. Fica na Carmem até a defesa da tese e só depois instala-se no apartamento, pondo-se então a recuperá-lo, um aposento cada vez.

A faina da reforma devolve-lhe a afeição pelo apartamento. Sente prazer em escolher os materiais, que ela própria compra e transporta no carro emprestado pelo Beto. Antes de sair para o instituto, repassa com os pedreiros e pintores as tarefas do dia. E volta uma ou duas horas mais cedo, para conferir o que foi feito.

Então, dá-se novo acaso. Ao deslocar o pesado oratório de mogno no aposento dos pais, para trocar a massa corrida da parede, o pintor topa com uma caixa de fusíveis. Chama Júlia e ambos estranham. Fusíveis num dormitório? Num prédio de luxo? E dos antigos, de rosca?! Júlia questiona pelo interfone o zelador, Ricardo, que também estranha.

Havia anos, tinham substituído a fiação por outra mais grossa, e os fusíveis de rosca por disjuntores, instalados num canto do vestíbulo, diz o zelador. E acrescenta: foi seu pai que propôs na reunião do condomínio, o doutor Durval era engenheiro, sabia dessas coisas; precisava trocar porque os apartamentos estavam puxando muito mais corrente.

É um final de jornada. Tomada de curiosidade, e notando que a caixa pende frouxamente da parede, Júlia não espera até a manhã seguinte. Assim que o pintor se vai, cutuca-a até que ela se solte e caia no assoalho. Vê, com espanto, que dos fusíveis não saía fio algum. O que até então era uma suspeita vira certeza. Alumia com uma lanterna o buraco deixado na parede e percebe, lá no fundo, um objeto retangular. Retira-o com cuidado. É um estojo de metal. Deduz que a falsa caixa de fusíveis servira tão somente de camuflagem. Sente uma estranha comoção.

Leva o estojo à cozinha, e o limpa cuidadosamente com pano úmido. Só então, já sentada à mesa, remove a tampa, que é simples, de encaixe. Dentro, há papéis. Muitas folhas juntinhas e apertadas. Retira com delicadeza a primeira folha. Uma carta escrita a mão, em letrinhas miúdas e redondas, um tanto infantis, quase ilegíveis, e assinada com iniciais.

O pouco que consegue ler a intriga. Uma carta com frases banais, em que aparece aqui e ali a palavra Santiago, de onde a carta parecia ter sido enviada. Retira as folhas seguintes, uma de cada vez, cuidando de não as rasgar. Também cartas com relatos triviais, algumas escritas por outras mãos. Numa delas percebeu traços de uma segunda escrita emergindo em meio a uma grande mancha de tons pálidos, aguada como uma aquarela. Lembra-se da brincadeira da tinta secreta ensinada pelo pai a ela e ao Lair. Escreviam com uma mistura de suco de limão, mel e água. Às vezes, ao esquentarem o papel para ler a mensagem secreta, formavam-se manchas como essa. Na mancha há uma lista de nomes seguidos de resquícios de algarismos. Conseguiu decifrar alguns, Magno, Vera, Rosário, Paula, Josias. Talvez os algarismos sejam números de telefones. Magno, Magno, esse nome lhe diz algo. Magno não é um nome comum.

Súbito, lembra-se do senhor elegante e de modos cerimoniosos, alto e de testa grande, que viera ao velório do pai e apresentara-se como um amigo dos velhos tempos. Cumprimentara-a com muita deferência e – assim lhe pareceu – um olhar de curiosidade intensa, como se tivesse finalmente encontrado uma pessoa que havia muito queria conhecer. Retirara-se logo depois do sepultamento. Deixara com ela um cartão e dissera que se precisasse algo contasse com ele. Não hesite, devo muito ao engenheiro Durval, lembra-se de ele ter repetido. Júlia recorda vagamente que numa face do cartão estava escrito polícia judiciária e, na outra, o nome Magno com um sobrenome que ela não recorda, e a expressão técnico em criminalística ou algo assim.

Um maço de folhas grampeadas. Parece um relatório. Está escrito em inglês endereçado a uma entidade de Londres chamada Anistia Internacional. Menciona crianças desaparecidas, sequestradas. Abducted, estava escrito. Seguem-se depoimentos de pessoas que haviam sido presas, tudo datilografado em linhas bem apertadas. Num deles, um padre conta como outro padre fora levado à loucura. *Durante três dias Frei Tito foi supliciado; socaram sua cabeça na parede, queimaram seu corpo com cigarros e lhe aplicaram choques elétricos em todo o corpo e na boca, "para receber a hóstia". Queriam que ele denunciasse quem o ajudara a conseguir o sítio de Ibiúna para o congresso da União Nacional dos Estudantes.* Júlia sente-se nauseada. Vai ao filtro e toma lentamente um copo d'água. Só então volta ao estojo e lê a folha seguinte, também preenchida por letras miúdas, datilografadas. *O militante Jeová de Assis Gomes foi assassinado com um tiro pelas costas em 9 de janeiro de 1972, ao ser identificado por agentes da repressão em um campo de futebol em Guaraí, Goiás. Foi enterrado em um cerrado, na periferia da cidade.* Jeová, Jeová. Esse nome a devolveu a um momento distante, o pai de pé ao telefone, ela ao lado, puxando-o pela aba do paletó, e ele dizendo, baixinho, mas foi igual fizeram com Jeová. Ficou gravado na sua memória porque Jeová era o nome que aparecia nas cartilhas que a mãe trazia da igreja. Júlia continua a ler: O professor de engenharia naval Raul Amaro Nin Ferreira foi chicoteado com um fio elétrico até morrer, na sede da policia política no Rio de Janeiro. O estudante de economia Stuart Edgar Angel Jones foi arrastado no pátio de um quartel da aeronáutica amarrado a um jipe com a boca quase colada ao cano de escapamento. Seu corpo, nunca foi encontrado. O sargento da aeronáutica, João Lucas Alves, foi espancado até a morte, seus ossos quebrados e enterrado às escondidas da família...

Júlia larga os papéis no meio da leitura. Então era isso que acontecia no Brasil? E o pai sabia de tudo isso? E a mãe será que sabia? E o Beto? Estarrecida, retoma a leitura: *Muitas execuções são noticiadas como se fossem atropelamentos, ou troca de tiros durante tentativas de fuga, ou suicídios. Outros desaparecem sem deixar rastros. Virgilio Gomes da Silva, preso pelo Doi-Codi de São Paulo, foi espancado e chutado em todo o corpo e no rosto, morrendo no mesmo dia. O estudante Eduardo Collier Leite foi torturado durante 109 dias seguidos. A estudante de sociologia B. M., acusada de vinculação com grupos clandestinos, recebeu choques elétricos em todo o corpo e só foi libertada quatro meses depois, grávida e totalmente fora de si, estando hoje internada numa clínica psiquiátrica.*

Ao terminar, noite alta, Júlia sente que descobriu um outro país – e um outro pai. Nunca imaginou atrocidades dessas no Brasil. O pai a levara ao comício das diretas e falava mal da ditadura, mas falava pouco. Parecia temer que ela se interessasse por política. Por que seu pai tinha esses papéis? Essas cartas todas? Esses relatórios sobre torturas e crianças sequestradas? Por que os escondeu? E a lista de nomes, o que significa? Súbito lembra do pai falando ao telefone, sim, Magno, não, Magno. O nome que está na lista. O nome do senhor que veio ao enterro. O cartão dizia que ele era da polícia. Mas o pai não gostava da polícia, isso, em casa, todos sabiam. Em meio a lembranças do pai apressado ou de cenho franzido ao telefone, que agora ganhavam algum sentido, deitou-se, exausta e perplexa. Deixou para o dia seguinte umas cartas da tia Hortência a sua mãe, que apareceram em seguida no estojo. Decerto, fofocas, pensou. Tia Hortência era bastante fofoqueira.

6
O mistério dos bebês

Maria do Rosário acha que já viu o furgão que agora se afasta célere, sumindo na escuridão da madrugada. Não distinguiu a cor, mas a silhueta lhe é familiar. Ao se voltar, ainda intrigada, para fechar o portão, baixa os olhos e se depara com o cobertor enrolado rente ao muro. Intui o que vai encontrar e seu coração dispara. Abaixa-se e enxerga o narizinho emergindo. Ergue meigamente o embrulho.

Espantoso! É o terceiro bebê largado no sereno da madrugada, desde sua volta do curso de parto natural há pouco mais de um mês. E se aparece uma ratazana e morde o bebê? Ou uma dessas velhas maltratadas pela vida que chegam a sequestrar bebês para mendigar?

Antigamente, tinha a roda dos enjeitados. A mãe deitava o bebê na roda e girava pra dentro. Mas isso muito antigamente. Nem ela foi deixada assim. A mãe a entregou nas mãos da Madre Giulitta e implorou para que fosse criada por família boa. Foi o que disse a Madre. Sua mãe teve motivo forte para dar o bebê, também disse. E mais a Madre não falou. Prometeu que um dia contaria tudo, mas esse dia nunca chegou. Antes de se dar conta, a memória da Madre já tinha sido comida pela doença. A verdade é que depois que começou a militar na JEC e a participar das reuniões da comunidade de base, a vida se tornou tão interessante que o modo como ela veio ao mundo, e o motivo de ter sido entregue ao orfanato, deixou de lhe interessar. Maria do Rosário examina o bebê. É branquinho, igual os outros dois, o que também não é normal, raciocina, ao tocar o rostinho pálido e frio. O furgão... De onde eu conheço esse carro? O Nelson é que devia atender nessa hora. Ainda pensando no furgão, Maria do Rosário empurra o portão com o pé, entra com o bebê no colo, arranca Joélia da cama e juntas o desembrulham.

É menina, de penugem sedosa, pele alvíssima e olhos azuis. Os dois anteriores eram meninos. De onde vêm esses bebês? As duas perguntam-se. Nenhum deles escuro. Criança é o fraco da Maria do Rosário. Largou a religião por causa da parábola do sacrifício de Isaac. Imagine ameaçar criança com faca... Reza de mentira, para evitar caso com as madres.

Na comunidade de base, Maria do Rosário dá assistência às mães solteiras. Sabe que as meninas da Vila Zezé estão se iniciando cedo, sem pílula nem camisinha. Seria essa a origem dos bebês branquinhos? Não. Se fosse, ela saberia. Pelo coto do umbigo esse bebê não tem nem uma semana, avalia, ao ensaboar, enlevada, o corpinho delicado.

Cada bebê que chega recorda a Mara do Rosário sua própria chegada. Ela pequenina, mãozinhas agarradas na grade, os casais entrando, sorrindo e apalpando. Logo iam lá para dentro aos cochichos com a Madre, depois um de seus amiguinhos sumia. Sempre os mais claros. Ela, mais escurinha, ficava. E ficava outra vez. E mais outra. Foram-se todos e ela ficou.

Apegou-se à Madre. Agarrava nela como mãe. Recorda a Madre subitamente doente e ela perguntando se a mãe ia morrer. Nem sabia o que era a morte, mas perguntava. E chamava Madre Giulitta de mãe. Quando a madre perdeu a memória, já estava crescida. Sentiu que através do esquecimento progressivo a madre despedia-se do mundo, das coisas e das pessoas, uma de cada vez, de modo a não assustar. Já estava esquecida de tudo quando a levaram de volta para morrer na terra dela, a Itália. Hoje tem certeza que Madre Giulitta dificultou sua adoção. Sempre que ela atraía a atenção de um casal, a madre inventava um empecilho. Ao completar seis anos a madre a levou ao pré-primário. Ficou como filha da casa, fez o grupo escolar, depois o ginásio, tudo por conta da Ordem.

Maria do Rosário fita o bebê amorosamente. Essa menina é demais de linda. Raciocina: se a mãe desse bebê tivesse me procurado na casa maternal, não abandonava. Quantas vezes convenci a não entregar?! Aposto que daqui um mês esse bebê está na Itália. Dos outros dois, um já foi. Melhor para ela. Escapar desse país de merda. Só não gosto quando rola dinheiro.

Minha mãe não me deu por dinheiro, tanto assim que ninguém me levou.

O bebê agora dorme e Maria do Rosário volta a pensar no rapaz que escondera dois dias antes. Chegara lívido e de olhos esbugalhados. Era loiro, alto e meio estrábico. A ordem é não fazer perguntas. Durval disse que ele escapou de morte certa e tinha uma história terrível para contar. Veio pegar o rapaz de madrugada de farol apagado. Mesmo assim, um perigo, se aparece esse delegado mal afamado que vive rondando o orfanato, esse tal de Felipe.

Corre que esse delegado chefia um esquadrão da morte igual o de São Paulo, só que menos conhecido, e mata por encomenda. Uma vez esteve trancado um tempão com a Madre. Depois, saiu apressado. Ah... já sei onde vi esse furgão. É o carro desse delegado Felipe, que também chamam de Felipão...

Mas como é que um policial larga um bebê assim no sereno? Sem chamar a gente? Sem dizer nada? Tem alguma coisa muito errada acontecendo. Será que das outras vezes também foi ele? Maria do Rosário confabula com o vigia Nelson, que acabou de acordar e aparece enrolando um cigarro de palha. O vigia diz que da outra vez também lhe pareceu que era o furgão do delegado Felipe. Preciso passar isso ao Durval, decide Maria do Rosário. Quem sabe aquele escrivão de Santos amigo do Durval levanta a ficha desse cara ou descobre a origem dos bebês?

Súbito, é chamada pela madre superiora. O que será? Madre Teodora não a chamaria assim cedinho por coisa pouca. Será que sabe do companheiro que escondeu? Ou dos encontros com o Durval? Ou é sobre esse bebê? Como é implicante! Azucrina desde que chegou. Parece madrasta. É isso. Madre Giulitta mãe, Madre Teodora madrasta.

— Maria do Rosário, lembra da tua promessa, quando concordei com tua permanência conosco como nossa filha e irmã em Deus? Ti ricordi cosa hai promesso?

— Claro, Madre, foram duas promessas: servir a Deus e não mentir. Por quê? Aconteceu alguma coisa?

— Que história é essa de carro da polícia?

— O que deixou o bebê?

— Você tem certeza que era da polícia? Sei sicuro?

— Não, madre, certeza não tenho. Só vi de longe.

— E por que você achou que era da polícia?

— Porque me lembrou o furgão do delegado que vive rondando o orfanato. A senhora mesmo achou ruim.

— Não é bom dizer que era da polícia sem ter certeza.

— Sim, madre.

— Mesmo porque não interessa; você sabe que nunca perguntamos a essas infelizes como foi que pecaram.

— Sim, madre, também penso assim.

— Nosso apostolado é dar a essas criaturinhas uma educação cristã.

— Sim, madre.

— Maria do Rosário, o que mais você sabe sobre esses bebês? Tem alguma coisa a ver com o teu trabalho comunitário?

— Não, madre. Não sei nada sobre eles. Acho estranho largarem de madrugada e serem todos brancos.

— Não confio nesses padres marxistas das comunidades. Alguns vivem no pecado, você sabia disso?

Maria do Rosário se põe ingênua.

— Não, madre, que horror!

— E blasfemam, Maria do Rosário. Andam a dizer que a virgindade de Maria é um mito. E nosso arcebispo tolera; se fosse Dom Atílio, excomungava. Você sabia dessas heresias, Maria do Rosário?

— Não, madre.

— Quero que fique de olho nesses padres marxistas. Quando é a próxima reunião?

— Na quarta-feira.

— Pois não fale nada sobre esses bebês deixados no portão, não comente nada, só escute. Se surgir alguma informação, venha me trazer. É importante.

— Sim, Madre.

— Maria do Rosário, sobre o visitante que você abrigou sem me consultar...

— Madre...

— Você sabia que ele é frade dominicano?

Surpresa, Maria do Rosário pensa rápido:

— Claro, Madre, se não fosse irmão em Cristo não teria acolhido.

— Você fez bem em acolher porque a Igreja nunca abandona os seus, mas devia ter me consultado. Non pensate che io sono Madre Superiora per niente, Maria do Rosário; sei muito bem das tuas atividades na Vila Zezé, dos jornais subversivos que você anda distribuindo, e não gosto nada disso.

— É o jornal da arquidiocese, madre, com as diretrizes da CNBB.

— Sono tuti marxisti... Usam a fé para subverter. A missão da Igreja é a salvação das almas e a caridade em Cristo. E avise seus amigos que o orfanato não é refúgio de subversivi.

— Sim, Madre, a bênção.

— Andare com Dio.

7
AS CARTAS DA TIA HORTÊNCIA

Júlia desperta tomada de estranha ansiedade. Dormira pouco e mal, perturbada pela descrição das atrocidades nos papéis escondidos pelo pai. Põe a chaleira no fogo para fazer o café e apanha as cartas da tia Hortência.São três. A primeira é datada 12 de junho de 68.

Itapecerica de Minas, 12 de junho de 1968

Querida irmã,
Que Deus a tenha e todos os seus. Eu estou bem de saúde, graças ao Bom Deus. Recebi tua carta com a fotografia. O nenê é lindo, muito fofo. Já botei na moldura. Só não entendi o nome Lair, que não é Santo da nossa Igreja. Pela data que você deu, 15 de junho, sendo menino deveria ser Vitor ou Vitório, de São Vito. Sobre o que você falou, do Durval ficar desapontado, deve ser cisma sua, mesmo se for verdade, isso passa, ele vai gostar do caçula igual gosta do Beto. Ele era muito ligado à irmã, que Deus a tenha, acho que queria menina por causa disso, mas o Durval é bom homem, em sendo a vontade de Deus ele aceita, não é mesmo? Nem a gente deve falar mais nisso, pode resultar num mal. O que importa é que o nenê é forte. Quem sabe, da próxima vez vem um a menina não

é mesmo? Não vejo a hora de ver o nenê. Eu agora tenho mais tempo, arrendei o sítio pra usina, assim não preocupo mais, eles plantam a cana colhem fazem tudo, posso cuidar melhor dos meus gatos. Você lembra a Joana, da Lagoa Santa, pois saiba que a filha dela se matou porque o noivo lhe fez mal. Quem não esquece nunca de você é o Zé Samambaia, passou aqui e deixou um pote de mel. Quem sabe vocês vêm me visitar na Semana Santa para pegar o mel e me mostrar o nenê? Estou tricotando um par de meias para o nenê. Venham logo.

Que Nosso Senhor Jesus Cristo a guarde,
Tua Hortência

Seu pai desapontado com o nascimento do Lair? Impossível!! Ela e Lair eram os favoritos do pai; com o Beto, sim, o pai era mais severo, talvez por ser o primogênito ou porque era mais sapeca. Júlia ouve o chiado da chaleira e corre a coar o café. Prepara duas torradas com manteiga, serve-se rápido e, enquanto come, se põe a ler a segunda carta, enviada cinco meses depois.

Itapecerica de Minas, 20 de novembro de 1968

Querida irmã,
Que Deus a guarde e todos os seus. Eu estou bem de saúde. Fiquei triste de vocês não poderem vir por causa da operação, mas muito feliz de saber que deu tudo certo. É o que importa. Quando o Durval telefonou, fiquei preocupada, me preparei para dar uma ajuda,

mas ele disse que não tinha precisão, que era uma operação simples. Claro que era melhor não ter acontecido, mas o que vai se fazer, é a vontade de Deus, não é mesmo? Isso de não poder mais ter filhos não deve te entristecer, o importante é a saúde e que não era maligno. Você já tem dois filhos maravilhosos, graças ao Bom Deus. Não vejo a hora de ver o caçula. Venham logo que você estiver bem boa. A prefeitura levou asfalto até a usina passando em frente de casa. Também já passa ônibus, eu aproveitei e vendi a charrete e a Ventania para um sitiante de nome João Farinha, não tenho mais precisão de charrete, assim também não carece cuidar da égua.

Que Deus a guarde,
Hortência

Operação deu certo... Já tem dois filhos maravilhosos... Não pode mais ter filhos... As frases parecem falar de outra família. Confusa, Júlia relê a carta e a confronta com a anterior. Só então começa a sentir que está diante de uma revelação assustadora. Se depois que nasceu o Lair a mãe operou e não podia mais ter filhos, então, ela não nasceu da barriga de sua mãe!? Então, sua mãe não é sua mãe de verdade?! Vai ver seu pai também não é seu pai... Atônita, lê com sofreguidão a última carta, enviada um ano e meio depois.

Itapecerica de Minas, 5 de maio de 1970

Querida irmã

Que Deus a guarde e todos os seus. Eu estou bem de saúde, cuidando dos meus gatos e da minha horta. Sobre a adoção, quem sou eu para dar conselhos? Mas não vou deixar sua carta sem resposta. Vou dizer com sinceridade o que eu penso. Vocês são uma família maravilhosa, o Durval melhor marido não podia existir, que Deus o proteja, o Beto, tão inteligente, e agora o Lair, uma boniteza de menino. Veja bem, não quero dar conselhos, mas se o Durval quer adotar uma menina, por que não satisfazer a vontade dele? O homem é quem manda, Deus fez o Homem dominador, a mulher também é dominadora, mas o homem manda mais porque é provedor. Você tem razão que muitas adoções só trazem sofrimento, mas pense nessas criancinhas abandonadas, você vai estar fazendo um bem, uma caridade. E é uma alegria ter mais uma criança em casa. Eu me arrependo muito de ter tido só o Lucas, se tivesse tido mais filhos não estaria hoje só, depois do desastre. Quanto mais filhos a gente puder ter melhor; nada de filho único; e nem só dois, porque a aflição é a mesma, a gente tem que ter pelo menos três. Só um cuidado eu recomendo, escolham um nenê de pele clarinha igual a dos meninos, vejam se ela não tem mancha na lua da unha, que é sinal que depois vai escurecer, eu falo não por preconceito, todos são filhos de Deus, é para não ter aborrecimentos com os vizinhos, os falatórios, ter que dar explicação o tempo todo; você não sabe das maldades que certos vizinhos são capazes; nunca vou esquecer o que falaram de mim quando perdi o Lucas e o Alípio no desastre. Bem, falei o que eu penso. Mande notícias.

Que Nosso Senhor Jesus Cristo a Guarde,
Sua irmã Hortência.

O quadro se impõe com a nitidez e a violência de um raio. Ela é filha adotiva. Em pânico, desprende um último papel colado no fundo ferruginoso do estojo. É um formulário amarelecido e manchado. Há nele um sinete quase ilegível que Júlia decifra com dificuldade. *Sociedade Vicentina de Jacareí – Casa Maternal e Orfanato São Vicente de Paula*. Abaixo do sinete, um cabeçalho impresso em letras pomposas: *Compromisso de acatamento do rito católico*. Seguem-se três linhas preenchidas a mão: Comprometo-me a batizar, crismar e educar a criança na Fé Católica Apostólica Romana. Reconhece, abismada, a letra e a assinatura do pai: Engenheiro Durval dos Santos Lima. Júlia corre ao banheiro e vomita. A cada duas ou três horas, relê as cartas da Tia Hortência.

8
Maria do Rosário quer um filho

Maria do Rosário relata a Durval a admoestação da Madre Superiora por ter escondido o rapaz sem pedir autorização.

— Quem era ele, Durval? A madre não gostou nem um pouco.

— O que ela disse?

— Disse que o orfanato não era refúgio de subversivos; e que ele é um dominicano, é verdade?

— Sim, foi o que me disseram.

— O cara estava apavorado, delirava, não falava coisa com coisa.

— Ele escapou por milagre, Rosário.

— Escapou de onde?

— Acho que de um sítio pros lados de Caçapava, mas ele não explicou direito, só repetia que foi por milagre.

— Você está preocupado?

— É que ele falhou no ponto, algo não anda bem, ninguém sabe o que aconteceu.

— Você deixou ele onde?

— Onde tinha sido combinado, é uma esquina movimentada; ele tinha que caminhar umas três quadras, só que não apareceu.

— Como assim, não apareceu?

— Sumiu no trajeto, não chegou onde deveria ter chegado.

— E você? Não foi seguido?

— Não.

— Durval, preciso te dizer uma coisa, pode não ser nada, mas pode ser importante...

— O que é?

— Deixaram mais um bebê no portão. Já são três desde que eu voltei do curso.

— E daí?! É muito bebê?

— Não é só isso, é o jeito que largam, aparece um carro de madrugada, deixa o pobrezinho no chão, buzina um par de vezes e se manda. Isso não se faz. Imagine se ninguém escutar a buzina ou se algum bicho morder o bebê? Ou se chover?

— É sempre o mesmo carro?

— Só vi de longe e no escuro, era um furgão. Achei que era o furgão daquele delegado de São José, acusado de chefiar um esquadrão da morte; das outras vezes foi o Nelson que pegou e ele também acha que era o furgão do delegado.

— E como são os bebês?

— Todos de raça banca, isso também é estranho, quase sempre os enjeitados são negrinhos ou mulatinhos; esse último era uma menina, os outros dois eram meninos.

— Você sabe mais alguma coisa desses bebês?

— Não, nada.

Durval apoia a cabeça nas mãos. Medita. Sentada ao seu lado, Maria do Rosário espera em silêncio.

— Rosário, juntando a história desses bebês com a do dominicano, vai ver ele não estava delirando. Disse que no lugar onde estava matam mulher grávida...

— Isso nós sabemos...

— Você não me deixou completar Rosário, matam depois de a mulher dar à luz.

— Que loucura! Você está pensando que esses bebês...

— Pode ser, Rosário, pode ser, vai ver o dominicano não estava delirando coisa nenhuma...

— O que mais ele disse?

— Disse que nesse lugar forçam o cara a virar informante. Quem não topa é executado e enterrado lá mesmo.

Maria do Rosário estremece.

— Quem sabe esse policial de Santos, teu amigo, descobre alguma coisa sobre esses bebês ou ao menos sobre esse delegado de São José.

— Pode ser, preciso pensar.

A ninguém Durval revelara o nome do Magno, nem à Maria do Rosário. Enquanto avalia a situação, ergue-se e examina demoradamente a rua pela janela, como se de repente temesse estar sendo vigiado. Maria do Rosário o abraça por trás e se aperta contra ele. Introduz as mãos por dentro de sua camisa e as vai descendo devagar, desabotoando-a e acariciando no percurso em amplos círculos o peito peludo. Durval sente nas costas a maciez dos seios soltos sob a blusa fina e deixa-se ficar de braços pendentes.

— Durval, quero ter um filho teu, sussurra Maria do Rosário. E mordisca o lóbulo de sua orelha.

— Só se for menina, sempre quis uma menina.

Mas logo ele se volta, toma-a pelos ombros, afasta-a e olhando-a nos olhos, diz muito sério:

— Rosário, onde já se viu ter filho nessa situação?

— Não me interessa situação, quero um filho e pronto.

— Você mesmo disse que não pode! Que nem namorar pode!

— E nós estamos fazendo o quê? Todo esse tempo fazendo o quê?

— Mas entre nós é diferente...

— Diferente por quê, Durval?

Ela o puxa para si.

— Vou ter um filho e vai ser um filho teu e de mais ninguém.

— É perigoso, Rosário, você sabe...

— Você está é com medo da tua mulher... Fala a verdade, Durval.

— Não é nada disso, Rosário.

— Toda mulher tem ciúme.

— A Margarida, não! Já te expliquei, Rosário, depois da operação ela não pode mais ter filhos.

— E daí?

— E daí que para ela sexo sem filhos é pecado.

— Mas vocês não dormem juntos?

— No mesmo quarto, mas em camas separadas.

— Em camas separadas! Desde quando?

— Faz tempo, desde que ela operou o útero, não tem nada a ver com ela.

— Tem a ver com quê, Durval?

— Estou te dizendo, tem a ver com a situação. A ordem é não engravidar, se engravidar, abortar.

— Abortar, nunca; você sabe que sou contra.

— Mas e a organização?

— Foda-se a organização.

— Rosário, você sabe que eu não sou de organização nenhuma, mas acho que tem que ter disciplina.

— Disciplina é uma coisa, machismo é outra. Semana passada um companheiro se atreveu a me mandar pra cozinha fazer sanduíches enquanto discutiam política. Mandei ele à merda.

Maria do Rosário puxa a camisa de Durval para fora das calças e começa a tirá-la pelos ombros.

— Nada de camisinha hoje, sussurra, ao mesmo tempo em que desafivela seu cinto.

— Rosário, pensa bem...

— Não tem o que pensar, Durval... Manda brasa... E nada de abortar. Você viu o que fizeram com a Fátima, acusaram de querer abandonar, depois eles é que abandonaram ela.

— Não tenho nada com isso, Rosário, comprei a passagem porque você pediu.

— Pedi porque não tinha jeito.

Enquanto discutem, Mário do Rosário vai aos poucos empurrando Durval em direção à cama. Durval resiste sem convicção.

9
BETO, A CONFISSÃO

Prostrada na cama, Júlia não consegue dormir nem sabe o que pensar. Fita o teto escuro. Tenta localizar na infância algum episódio, uma cena, um gesto, uma palavra que indicasse adoção. Sai da cama e examina um a um os retratos que havia pendurado no vestíbulo, buscando em suas fisionomias traços que lembrem os seus. Em seguida, mira-se no espelho.

Constata, estupefata, que nada em seu rosto, redondo e cheio, de lábios grossos e maçãs salientes, lembra o da mãe, longo, chupado e de lábios finos. Tampouco o do pai, de queixo quadrado e testa larga, exceto talvez pelo nariz, terminado em batata como o do pai. Tem cabelos negros e encaracolados e tanto os do pai como os da mãe eram castanhos e escorridos, igual os do Beto. Seus olhos são negros ao passo que os da mãe eram de um azul esverdeado, igual os do Lair, e os do pai cinza claro.

Desfaz-se da camisola e contempla-se nua. Seu corpo, de cintura fina e nádegas salientes, difere do da mãe, troncuda de alto a baixo. Talvez os seios em hipérbole lembrem os da mãe quando jovem, adivinhados nas fotos do casamento. Talvez... nem disso tem certeza. Percorre com os dedos a cútis sedosa e morena. Pai e mãe tinham epiderme branca e áspera. Um longo tempo permanece Júlia frente ao espelho, tentando outra vez localizar na memória indícios da adoção.

Vêm à lembrança as brincadeiras com Lair, cavalinhos, escorregador, pula-pula, os dois sempre se agarrando. Será que havia naquelas brincadeiras algum erotismo, já que não eram irmãos de sangue? Pois o Lair não dizia que ela cheirava gostoso? E o alheamento da mãe? E os ciúmes da cunhada? Pode ter intuído. Ou o Lair também sabia e contou a ela. Vai ver, todos sabiam, menos ela.

No colegial, era a única de tez mais escura, pouco, mas o suficiente para destacá-la. Não se sentiu então discriminada. Agora o espelho lhe diz que foi. O passeio à fazenda da Valéria, para o qual não foi convidada. O aniversário da Dirce de Almeida. Na época, tomou por esquecimentos. O fato é que nunca se enturmou.

Suas únicas amigas acabaram sendo a Carmem e a Débora. Fez biologia para acompanhar a Carmem. Um dia contaria a elas. Antes, precisa saber como tudo aconteceu. Se não é filha do seu pai engenheiro Durval dos Santos Lima e da sua mãe Margarida dos Santos Lima, quem é ela? De onde veio? Quem eram seus pais biológicos? E por que as cartas da tia Hortência e os papéis de adoção estavam junto com histórias de atrocidades dos tempos da ditadura?

No dia seguinte, não consegue se concentrar no trabalho. Volta cedo e deita-se no sofá por meia hora. Depois toma uma ducha, como para se certificar de não estar delirando e, entre xícaras de café, relê mais uma vez as cartas da tia Hortência e os papéis da adoção, dessa vez conferindo datas. Não há mais dúvida. Tudo se encaixa. Agora entende a ironia do Beto, justo você ficar com apartamento, justo você que nem é filha de verdade, foi o que ele quis dizer.

Convoca Beto pelo telefone. À sua chegada, exibe o estojo de metal e pergunta se ele o conhecia. Beto garante que não. Júlia fala dos depoimentos datilografados e pergunta se ele sabia dessas histórias. Colegas na faculdade falavam disso, mas o pai nunca, ele diz. Só então Júlia indaga se ele sabia da operação do útero da mãe e que ela havia sido adotada.

Beto reage como se tivesse levado um soco; seu rosto se contorce num esgar. Não diz uma palavra, os lábios cerrados, os olhos evitando os de Júlia. Passado um longo minuto, fita Júlia e como quem chega a uma decisão, responde compenetrado que sabia. Sabia da operação do útero da mãe e sabia da adoção. A adoção coincidiu com a demissão do pai do Instituto de Aeronáutica. A mudança para São Paulo veio a calhar, podiam trazer o bebê sem os vizinhos estranharem. Além disso, deu sorte de um fazendeiro do Nordeste estar se separando da mulher e querer se livrar do apartamento antes de entrar com o pedido de divórcio. Estava com pressa de vender; o pai fez uma contraoferta escandalosamente baixa e mesmo assim ele aceitou.

Júlia suspeita que Beto fala da compra do apartamento, história por demais conhecida, para não falar da adoção. Encara-o em silêncio, à espera de mais explicações que não vêm. Então pergunta:

— Por que você nunca me disse nada?

— Porque papai me fez jurar que eu nunca contaria a ninguém, nem a você nem ao Lair.

— Papai explicou o porquê da jura?

— Disse que era para a segurança de todos nós, e que fora a mãe, só a tia Hortência sabia, e também não contaria para ninguém; ele estava um pouco assustado por causa de demissão.

— Onde foi que você jurou?

— Numa igreja, em São José.

— Papai nunca entrava em igreja.

— Mas mamãe às vezes me levava à missa; talvez ele achasse que eu era como ela, ou não sabia para onde me levar; ou queria me impressionar; era uma igreja enorme, escura e sem ninguém lá dentro; foi muito estranho e muito de repente.

— Você não tem nenhuma ideia de quem são meus pais verdadeiros?

— Não. Não perguntei e nunca mais falamos nisso.

— E o Lair nunca desconfiou?

— Não. Ele tinha menos de dois anos quando você foi adotada.

Assim que Beto se foi, Júlia se põe a explorar o apartamento, cismada de que em algum lugar há outro estojo ou algum caderno ou documento com os nomes de seus pais biológicos. Em vão, desenrola cada um dos desenhos da caixa de projetos, folheia página por página os livros do pai e esquadrinha as pastas de recibos e documentos. Nada encontra. Exausta, dorme na poltrona da sala sem trocar de roupa.

Acorda com o sol da manhã batendo na sala. Toma um banho, veste-se e vai à cozinha preparar um café. Toma o café pensativa. Seu olhar passeia pelas paredes da cozinha e se detém nos vasilhames em desuso, que a mãe tinha a mania de guardar no topo do armário. Busca uma escada na dispensa e examina-os um a um. Não encontra papel algum. Em seguida volta-se às gavetas esquecidas da cozinha, nas quais a mãe guardava objetos de pouco uso e as vasculha. Nada. Júlia sente-se perdida. Contudo, à medida que prossegue na busca e quanto mais frustrante a busca se revela, mais ela se sente animada por um propósito, como se tivesse descoberto um objetivo de vida que vinha lhe faltando.

Também revê valores. Vivera naquele apartamento uma grande mentira. Vinte e seis anos de mentiras. O pai, a mãe, a tia, Beto, exceto o Lair. Todos mentindo. Uma verdadeira conspiração. Como foi possível? Boba! De fato, muito boba! Sente que não é mais ela. Todo seu ser tem que se reconstituir. Quem sabe foi por causa desse falseamento todo que sua vida nunca teve direção clara?

Da cozinha, passa aos quadros da sala e do hall e aos espelhos dos banheiros. Desmonta as molduras, revolve a terra dos vasos de plantas na varanda. Nada. Passa a semana sem ir ao trabalho, sondando paredes e soalhos do apartamento com o cabo da vassoura, em busca de algum oco. De início, com cuidado para não estragar a pintura, depois socando forte, raivosamente, até mesmo as paredes recém restauradas.

Noites seguidas permaneceu deitada na cama de olhos abertos fitando o teto escuro, sem conseguir dormir, seu pensamento voltado obsessivamente ao mistério de seus pais biológicos. Quando finalmente sucumbia ao sono, tinha sonhos estranhos. Num deles, recorrente, sonhava que subia uma escada em caracol para o segundo andar do apartamento, sem nunca chegar. Os degraus se renovavam a cada passo. Mas o apartamento não tinha segundo andar, portanto essa escada representava alguma coisa. Que coisa? Não conseguiu decifrar. Em outro pesadelo recorrente a mãe agoniza no hospital, puxa-a pela manga e sussurra algo no seu ouvido, mas embora os lábios da mãe se mexam, de sua boca não sai som algum. Só ela e a mãe. Cadê o Beto no pesadelo? Ela e o Beto estiveram juntos a inteira agonia da mãe. O Lair tinha ficado na tia Hortência. O pai chegava ao hospital à noite, depois do serviço. No instante mesmo em que a mãe morreu, só ela estava no quarto. A mãe arfava, de repente, deu um suspiro curto e mais outro e mais outro e estava morta. Por que esses pesadelos depois de tanto tempo? Por que agora? O que a mãe agonizante queria lhe dizer?

Tinha consciência de estar ficando neurótica. Por vezes, abandonava o leito no meio da noite e se punha a socar paredes. Mais de uma vez arranhou com mãos nuas a massa fina que mal secara. Assim transcorreu toda uma segunda semana de buscas cansativas e inúteis. Exaurida, dormiu dez horas seguidas na noite de sexta para o sábado.

Na manhã do sábado, o zelador Ricardo abordou Beto ao vê-lo passar defronte o edifício. Disse-lhe a meia voz que havia algum problema com a irmã. Recebera reclamações. Barulhos estranhos. Desculpasse pela intromissão, mas talvez fosse caso de uma olhada? Beto foi buscar o Lair. Meia hora depois, tocavam a campainha do apartamento.

Júlia os recebe calma, porém abatida. Seus dedos sangram. Ao se sentarem, desaba prostrada no colo do Lair e soluça um longo tempo. Depois, fitando o Beto, diz que estava esgotada. Nos últimos dias havia pensado muito e decidiu se desfazer do apartamento. Pediu para colocarem à venda.

— Onde você vai morar? Beto pergunta.

— Vou morar em Jacareí.

— E o trabalho, no biológico?

— Vou trabalhar no Instituto Tecnológico da Aeronáutica.

— Onde papai trabalhou?

— Sim; já telefonei e disseram que sou bem-vinda.

— Foi tão fácil assim?

— Disseram que precisam de alguém que trabalhe com transporte de energia em células e conheciam o meu doutorado; nem sei se é verdade; acho que sentem culpa pelo que fizeram ao papai.

10
A queda

Magno divisa ao longe os primeiros vultos emergindo do nevoeiro. À medida que avançam e tomam corpo, vai se delineando atrás deles uma infindável coluna humana. Vem a sua mente um filme em que prisioneiros são forçados a marchar sobre a neve espessa. Falta a neve, contudo, o dia amanhecera frio e áspero e carregado de maus presságios como o daquela marcha no leste europeu em que tantos sucumbiram.

Os estudantes caminham em fila de quatro, devagar e cabisbaixos, enrolados em cobertores, mantas e capas de plásticos. Tiritam de frio e alguns tem lama até as canelas. Uma camioneta à frente da coluna traz na carroceria uma garota entrevada. Nesta altura já devem ter prendido o Domingo Simões, raciocina Magno. Sente-se incomodado. Domingos cedera o sítio ao dominicano amigo do Durval sem saber de nada. Será que os dominicanos foram presos? E a Maria do Rosário, será que também foi presa? Magno olha de novo a foto da Maria do Rosário que Durval lhe dera. A pinta na maçã do rosto a tornava inconfundível. E bela.

A coluna se aproxima do portão da cooperativa, escoltada por soldados da guarnição de Sorocaba. Do sítio à vila são oito quilômetros. Devem estar caminhando há três horas, calcula Magno. A maior parte do percurso, em trilha estreita e escorregadia, no meio da mata encharcada da serra de São Sebastião. Tinham sido totalmente surpreendidos. Chuva pesada caíra durante a maior parte da noite. Magno não entende o motivo de terem montado o acampamento na parte baixa do sítio. Era inevitável que se enchesse de lama. Falava-se que o Congresso era para eleger a nova diretoria da UNE, disputada por comunistas ligados ao Marighella e católicos da Igreja de Libertação. Magno desconfia de um outro objetivo, na linha do que o Che tinha proposto antes de ser morto na Bolívia no ano anterior. É a única explicação que encontra para um encontro clandestino dessa envergadura.

Moradores de Ibiúna aglomeram-se nas calçadas ao longo da rua da cooperativa, na esquina do bar e em frente à farmácia. É um sábado de feriado, dia de Nossa Senhora. Caboclos balançam a cabeça, pesarosos, alguns têm nas mãos seus chapéus de palha, em sinal de respeito, como se à vista de um cortejo fúnebre. A cena é chocante. São centenas de moças e rapazes que não param de chegar. Vai ser a maior prisão em massa da nossa história, calcula Magno. As mulheres fitam caladas. Podiam ser seus filhos ou sobrinhos. Ninguém diz nada. A atmosfera é de pesar. Dois investigadores do DOPS, um deles o Peninha, que Magno conhecera tempos antes, olham bem na cara de cada estudante que chega. Querem identificar os líderes.

Dois rapazes, ambos de cabelos longos e esgarçados, são separados por Peninha e enfiados num carro da polícia preto e de chapa fria. Magno reconhece José Dirceu, um dos organizadores do encontro e presidente da União Estadual dos Estudantes que o governo colocara na ilegalidade. O outro se parece com o Vladimir Palmeira. Logo um terceiro é separado, Jean Marc, o candidato da Juventude Universitária Católica à presidência da UNE, cuja foto ele vira no jornal.

Magno alertara Durval assim que fora avisado pelo delegado de Piedade. O sítio Mucuru fica a meio caminho entre Piedade e Ibiúna. A primeira informação da polícia era vaga, falava em movimentação estudantil suspeita. Na quinta chegou a confirmação de que se tratava de uma reunião de estudantes e o sobreaviso às delegacias de polícia de Sorocaba e da região Oeste de São Paulo, inclusive a 41ª do Butantã, onde Magno servia fazia três anos. Mas somente às três horas da madrugada do sábado, o coronel da PM Ivo Barsotti, emitiu a ordem de mobilização.

Uma loucura, reunir quase mil estudantes num lugar daqueles, raciocina Magno. Tinha que dar no que deu. Só a movimentação para chegar lá, passando seja por Ibiúna seja por Piedade, dois lugarejos humildes, já chamaria atenção. E a polícia entrara em alerta permanente desde que estouraram as passeatas de protesto. Dias antes chegara às mãos de Magno a ordem emanada do Alto Comando do Exército: *Estão proibidas as passeatas estudantis em todo o território nacional; caso ocorram, devem ser dissolvidas com o rigor necessário e seus líderes presos e fichados.*

Por orientação do Durval, Magno vinha acompanhando atentamente a movimentação da polícia nas regiões da Maria Antônia e da Cidade Universitária, onde o DOPS e o exército haviam formado uma força conjunta de investigação. Ficara sabendo que o SNI estava recrutando estudantes para servirem de espiões e que a direita católica e a TFP tinham se articulado com o Comando de Caça aos Comunistas e com a repressão. Desde março, quando houve um assalto a banco na Lapa que a polícia atribuiu ao grupo do Marighella, havia prontidão no DOPS.

Dois meses antes caíra nas mãos de Magno um comunicado do comando da PM alertando que padres e militantes leigos da Igreja Católica estavam envolvidos nas manifestações estudantis e na greve dos metalúrgicos de Osasco. O informe dizia que a ala da Igreja Católica denominada Igreja do Povo era um braço do comunismo internacional e controlava as Comunidades Eclesiais de Base, o Conselho Indigenista e a Comissão Pastoral da Terra. Os delegados receberam a ordem de identificar as dioceses que ministravam cursos de alfabetização de adultos pelo método Paulo Freire.

Por um investigador do DOPS, Magno ficara sabendo que um decreto de expulsão da Ordem dos Dominicanos jazia havia meses na mesa do presidente, que só não a tinha assinado porque o delegado Fleury tinha indícios de que os dominicanos estavam dando suporte ao Marighella e pedira um tempo para chegar a ele através dos religiosos. Tinham indícios de que os dominicanos estavam dando suporte ao Marighella. Tudo isso Magno passara ao Durval.

A chuva cessara havia duas horas, mas o ar permanece pastoso. As ruas em torno da cooperativa estão tomadas por dezenas de jipões, ônibus, caminhões e kombis, requisitados às pressas para levar os presos. Eram mais de setecentos, e não quinhentos, como o serviço secreto do DOPS havia estimado. Vieram de todo o Brasil e alguns de países vizinhos, Bolívia e Uruguai. Loucura! Magno diz a si mesmo.

A confusão é grande, contudo não há distúrbios. Os estudantes não resistem. É como se já esperassem por esse desfecho. Ou como se, inconscientemente, quisessem provocar as prisões em massa, para comover a população e assim embaraçar os militares. Magno teme pelos estudantes e mais ainda pelo que vai acontecer dali para a frente. Sua intuição diz que vai se dar uma nova radicalização de ambos os lados.

Magno estava ali desde as sete da manhã. Todos os delegados, subdelegados e investigadores da zona Oeste de São Paulo haviam sido convocados. O DOPS enviou mais de duzentos agentes. Embora bem informado sobre a organização da repressão, Magno nunca imaginou que o DOPS tivesse tantos agentes. Ao seu lado, o coronel Divo Barsotti exultava.

— Vamos fichar eles todos, um por um, nos caíram de mão beijada.

Magno nada disse. Também ele tinha planos de anotar um por um, mas para avisar as famílias. Ideia do Durval. Teria vindo mesmo sem ser convocado. Era também a oportunidade de localizar algum dos dominicanos que haviam organizado o acampamento e através deles saber o que aconteceu ao rapaz magrela e estrábico que Durval resgatara no Vale e que desde então estava sumido. Não foi o primeiro a desaparecer nos últimos meses sem deixar rastros. Magno suspeita que uma unidade secreta da polícia, ou talvez do exército, esteja executando presos sem abrir processo formal. Já ouviu rumores sobre a existência de prisões secretas e até de um cemitério clandestino.

À medida que os estudantes vão sendo empurrados para dentro dos ônibus, Magno anota disfarçadamente nomes e números de telefone. Ao mesmo tempo, atenta a cada palavra do comandante, para saber aonde serão levados. O grosso irá para a Casa de Detenção e para o Presídio do Carandiru. Outros serão levados ao Forte

Itaipu, em São Vicente, e até para delegacia de Vila Mariana. Os líderes foram levados ao DOPS. Alguns poucos, secundaristas que nem tinham dezoito anos foram liberados ali mesmo.

O embarque se arrasta até o meio dia. À medida que lotam, os ônibus e peruas se movem até a saída da vila, onde estacionam formando uma extensa fila. Surge um padre e um bando de garotos com garrafas de leite e sacolas. De dentro das sacolas tiram pãezinhos, que o padre passa aos presos pelas janelas, junto com as garrafas.

Os ônibus partem, em caravana, precedidos de batedores. Magno volta ao seu carro e dirige diretamente até a delegacia do Butantã, onde chega às duas da tarde. De lá telefona às famílias cujos telefones conseguira anotar e a um advogado que Durval lhe indicara, conhecido pelo empenho com que defendia presos políticos. Depois liga para a casa do Durval e deixa recado. Quando Durval liga de volta, relata o que tinha acontecido. Do dominicano magrela e estrábico não havia sinal. Nem da Maria do Rosário.

II

A CONSCIÊNCIA DA ADOÇÃO

Júlia não sabia nada sobre adoções. Associava vagamente adoção a caridade Será que foi isso o que moveu seus pais adotivos? Pode ser. A mãe era católica devota, vivia fazendo caridades, campanha disso, campanha daquilo. Todavia, as cartas da Tia Hortência apontam para o pai. Foi o pai quem quis adotar. A mãe teve que ser persuadida. O pai sempre quis uma filha mulher, a tia escreveu. Sim, era no pai que estava a resposta, e não na mãe.

O pai era voluntarioso. Gostava de ajudar. Nas noites mais frias distribuía cobertores a moradores de rua. Mas não tinha simpatia pelas campanhas de caridade da igreja nas quais a mãe se engajava. Quando a mãe não estava perto acusava a igreja de roubar dos pobres. Também dizia que era obrigação do Estado atender aos necessitados. Fazia a ressalva, devemos ter compaixão e ajudar, mas ao mesmo tempo lutar para que a sociedade assuma essas tarefas, como fazem os muçulmanos, os budistas e os israelitas que consideram dever da coletividade amparar as viúvas, os órfãos, os aleijados e os mais pobres.

Perplexa, decidiu pesquisar. Leu nos livros que adota-se para ter uma família, não para dar uma família ao órfão ou abandonado. Essa afirmação, simples e forte, capturou sua mente. Será que o desejo do pai por uma filha mulher era tão forte, como está na carta da tia Hortência, que decidiram adotar mesmo já tendo dois filhos?

Júlia também leu nos livros que muitos casais adotam para compensar uma perda ou para salvar o casamento, ou para ter um amparo na velhice. Amparo na velhice certamente não foi o motivo. Bastavam o Beto e o Lair. Talvez para salvar o casamento? Ela sabia que o pai e a mãe viviam em mundos diferentes, o pai metido na política e a mãe cada vez mais religiosa. Mas isso não quer dizer que o casamento estivesse a perigo. O pai era dedicadíssimo à família. Família para ele era uma entidade em si mesma. Uma instituição.

Podia ter sido para compensar uma perda. O pai perdera a irmã prematuramente, como lembrou a tia Hortência, mas isso foi muito antes, antes mesmo de ele se casar. Júlia conclui que só havia duas explicações possíveis. Desejo muito forte de ter uma filha mulher por razões psicológicas insondáveis e necessidade de compensar uma perda. Podem ser as duas coisas juntas. Que perda seria essa?

12
Diretiva do padre Geraldo

Maria do Rosário convence Joelia a cobrir o plantão. Chegou convocação do Padre Geraldo com aviso de urgente. Reunião com um emissário do arcebispo. Não comentar. Padre Geraldo coordena as comunidades do vale, de Guararema até Aparecida. É secular e subordinado ao arcebispo.

A caminho da reunião, Maria do Rosário põe-se a matutar. Teria sido a Joélia quem contou à Madre que ela tinha escondido o dominicano? O Nelson não foi. Estava de folga. Joélia é boa pessoa, mas morre de ciúme do jeito que me tratam como filha. Nelson é o contrário, está lá desde que eu cheguei e me quer como filha. Vou pedir ao Nelson para ficar de olho na Joélia e a me avisar se aparecer algum estranho fazendo perguntas.

Ao entrar no salão paroquial Maria do Rosário sente no ambiente pesado a gravidade da reunião. Sempre há cantorias e dessa vez estão todos em silêncio. Um padre robusto, de cabelos grisalhos e traços nordestinos, está sentado de semblante fechado ao lado do padre Geraldo, que, contrariamente ao seu modo jovial, também traz a cara amarrada.

Assim que ela se senta, padre Geraldo abre a reunião. Maria do Rosário reconhece alguns dos outros convocados. Dois deles são da comunidade de Guararema, e um, da de Paraibuna, todos veteranos. Padre Geraldo apresenta o visitante como padre Josias e, sem citar os nomes dos outros, apenas dizendo que eram de sua confiança, lhe dá a palavra.

— Queridos irmãos e irmãs na fé, estou aqui em missão confidencial. Nesses tempos difíceis, a igreja decidiu valer-se de nossa presença em tantas partes e nos lugares mais remotos para registrar os abusos que vem sendo cometidos em nome da segurança nacional e estender a mão de Jesus aos que sofrem e suas famílias.

— Quais abusos? Indaga um rapaz, o único que veio de terno e gravata.

— Principalmente prisões de nossos irmãos na fé sem o mandado de um juiz; tem havido casos assustadores.

— Que tipo de casos? Insiste o rapaz.

— Desaparecimentos, a pessoa é levada pela polícia e nunca mais é vista...

— Qual é exatamente a tarefa? Interrompe Maria do Rosário.

— A tarefa é registrar com muito cuidado as prisões e ausências inexplicáveis.

— O que quer dizer com muito cuidado? Pergunta de novo Maria do Rosário.

— A informação deve ser precisa, dizer onde aconteceu, como aconteceu, os nomes dos agentes da repressão e as unidades a que pertencem, tudo o que for possível apurar.

— E como descobrir tudo isso? Insiste Maria do Rosário.

— Procurando os familiares e os amigos assim que surgir uma informação ou um boato de prisão ou perceberem a ausência inexplicável de algum irmão ou irmã na fé ou um companheiro de militância.

— É para perguntar na polícia? Pergunta um dos rapazes.

— Sim, mas é a família que deve procurar a polícia, as mães principalmente; vocês fiquem longe da polícia.

— E o que a família deve fazer?

— Dar queixa de desaparecimento e pedir que façam um pedido de busca; além disso, pedir para examinar o livro de Boletins de Ocorrência.

— Mas não é a polícia que está prendendo as pessoas?

— Sim, a polícia e o exército, mas se família não der queixa se torna suspeita.

— E onde mais a gente deve procurar? Pergunta Maria do Rosário.

— Nos hospitais da região onde se deu o desaparecimento e nos registros de sepultamentos em cemitérios.

— Cemitérios! Caramba! Exclama alguém.

— Que mais devemos fazer? Insiste Maria do Rosário

— Dizer à família que constitua advogado.

— De que adianta advogado se ele não pode impetrar um Habeas Corpus? Contesta o rapaz de terno e gravata, talvez um estudante de direito.

— Adianta porque nosso objetivo é mais amplo, queremos documentar tudo o que vem acontecendo e um advogado pode requisitar autos de inquéritos na justiça, inclusive na justiça militar.

— A quem a gente passa as informações? Pergunta o mesmo rapaz.

— Ao padre Geraldo, só a ele, a ninguém mais. E façam tudo em sigilo. Essa é a diferença em relação a outras pastorais.

Padre Geraldo corre o olhar pelo grupo, como quem pede confirmação e reforça a recomendação.

— Nem a outros padres deve ser revelada a missão, pois, como vocês sabem, há uma ala da igreja indiferente ao que se passa, e outra até conivente.

— E quando for apenas uma suspeita, ou um boato? Maria do Rosário pergunta ao padre Josias.

— Se a informação vier de um parente, passar imediatamente ao padre Geraldo, ele vai saber como agir; se for só boato, primeiro tentar confirmar; se for urgente e muito grave, passar ao padre Geraldo assim mesmo; ele vai saber como agir. Mas não misturem o incerto com o comprovado.

Padre Geraldo se ergue e diz:

— Bem, isso é tudo, não comentem com ninguém, não falem entre si sobre esse assunto, cada um de vocês só se reporta a mim, e que Deus vos acompanhe.

O grupo se dissolve aos poucos. Dois rapazes e uma moça formam uma roda em torno do padre Josias. Maria do Rosário pede ao padre Geraldo uma conversa particular e os dois se fecham no interior da sacristia. Minutos depois, padre Geraldo abre a porta da sacristia e faz um sinal ao padre Josias para que se junte a eles.

13
A APARIÇÃO

Júlia dirige sem pressa. Contempla a paisagem distraída, imersa em recordações. De ambos os lados da estrada sucedem-se pastos abandonados. Uma ou outra árvore de maior porte ou um rancho velho trazem à lembrança as viagens com o pai, ela sentada no banco de trás e, depois, mais crescida, já ao lado do pai, e uma nostalgia profunda a invade.

Ao atingir um topo de uma colina, descortina-se ao longe a imensa planície, riscada por marcas de antigos arrozais. Logo surge, num dos flancos do vale, o promontório tomado pelo amontoado de casas. Encimando os telhados de um amarelo pardacento, destaca-se com nitidez a torre branca do campanário. Desde que se mudara para Jacareí, sempre que por ali passa, o campanário atrai sua atenção de modo abusado, como num chamamento, e lhe vem à mente o diálogo com Beto.

Naquela igreja deve ele ter feito a jura ao pai. A jura de nunca revelar que ela havia sido adotada. Era uma igreja enorme, ele dissera, e em São José. Para uma criança de doze anos toda igreja é grande, mas só podia ser aquela, a Igreja Matriz de São José. Para lá se dirige neste sábado de folga. Difícil está encontrar o orfanato. Dele, ninguém ouviu falar.

Júlia vislumbra de relance uma menina a caminhar no acostamento levando às costas um feixe de gravetos. Por um segundo atravessa sua mente a imagem de uma boneca de sua infância. Logo, seu olhar se perde num descampado semeado de cupins e ela divisa nos seus confins, já beirando a mata distante, contornos escuros no formato de meia laranja. Deduz que são fornos de fazer carvão. Uma colônia de carvoeiros.

Súbito, recorda-se de uma cena da infância que agora lhe parece espantosa. Brincava de boneca e a mãe lhe disse: eu não sou sua mãe de verdade, sua mãe de verdade é uma carvoeira. Ela perguntou: o Lair também é filho de uma carvoeira? O Lair também, a mãe respondeu. O que é uma carvoeira, mãe? É uma mulher que queima paus para fazer carvão. E o Beto? O Beto é filho de uma parteira. O que é parteira, mãe? A mãe não respondeu. Foi para a cozinha.

O pai lhe trouxera uma boneca nova, agora recorda o episódio completo, era uma boneca de palha de milho, pequena e curvada sob o peso de um amarrado de gravetos, igual a menina da estrada. Brincava de faz de conta na casa de bonecas e fizera da nova boneca sua avó porque nunca teve avó. Mas a mãe disse, não, a boneca carvoeira não é sua avó, é sua mãe. Você não é minha filha, você é filha de uma carvoeira. Foi assim que aconteceu.

Ela não dera importância, porque era um faz de conta. Mas a mãe dificilmente brincava com ela. E essa história de parteira! Imagine a mãe falando de parto. E se a mãe não estava fazendo de conta? Será que ela era filha de uma carvoeira? Uma carvoeira pobre como são todas as carvoeiras, talvez uma mãe solteira? E porque a mãe solteira se desfaria do filho? Pelos livros que leu, sabe que na época em que foi adotada já se aceitava mãe solteira com naturalidade. Só em casos extremos um bebê era entregue para adoção. Casos de miséria total, estupro! E se ela nasceu de um estupro? Ai que merda! Merda! Merda! Merda! Júlia teme descobrir que foi concebida num ato de violência e não de amor. Quer encontrar sua mãe verdadeira, mas sabe que é uma busca temerária.

Atinge o largo da matriz sob sol intenso. Estaciona à sombra de uma árvore mirrada no extremo da praça e caminha até a igreja. A praça está vazia de gente. Os paralelepípedos ardem. Vence devagar os degraus que levam ao pórtico. Num desvão do átrio, um preto velho de carapinha branca esmola, espremendo-se na sombra diminuta. Júlia cata moedas a esmo no fundo da bolsa e de novo pensa no pai.

Certo inverno, o pai a levou mais o Lair para distribuir cobertores a moradores de rua, alguns também negros de carapinha branca. O pai explicou que quando criança fora pobre. Lembra-se de Lair perguntar se ele tinha sido morador de rua. Não, tínhamos casa, o pai respondeu, mas os pais dele e sua única irmã teriam vivido mais se tivessem tido dinheiro para as internações. E você teria tido avós e uma tia, o pai disse ao Lair. Será que fitou Lair nos olhos, como se os avós e a tia fossem só dele?

Ainda se interrogando, Júlia penetra na penumbra densa e refrescante da igreja. Sente-se de início cega. Aos poucos vai distinguindo vultos ajoelhados. Persigna-se de um modo qualquer. Hesita. Agora que ali está não sabe porque veio. Ainda assim, o silêncio é acolhedor e convida à meditação. Ajoelha-se no primeiro genuflexório e se põe a pensar. Logo ouve uma voz:

— Sinhá dona tá pedindo uma graça?

A pergunta vem ciciada de uma mulher surgida inopinadamente ao seu lado, também ajoelhada. Júlia não enxerga seu rosto, oculto por lenço preto de bolinhas brancas amarrado à cabeça. Pelas mãos gretadas que entrelaçadas seguram um rosário deduz que é uma mulher idosa.

— Sinhá dona me desculpe tá estorvando, eu rezo pela filha que perdi; todo sábado eu venho, desabafo com alguém e sossego.

A velha suspira. Júlia pergunta por perguntar:

— Sua filha morreu de quê?

— Não foi isso; o bebê tinha muita saúde graças a Deus; foi a modo que entreguei.

A fala da velha é chorosa.

— Com dez dias entreguei, lastimo demais, nunca não imaginei que eu ia sofrer tamanho remordimento.

Júlia passa a se interessar.

— A senhora era mãe solteira?

— Em antes não falava assim.

— E como foi?

— Foi o patrãozinho que me forçou, o mais taludo deles o Felipe, a depois nem não quis saber do bebê.

— Isso faz tempo?

— Um tempão... Foi no tempo que tinha barão.

A velha se cala como se tivesse forçando a memória. Júlia não sabe o que dizer. Passado um minuto a velha retoma:

— Foi o barão de Mesquita que salvou eu mais a Tide, a minha irmã, nem num sei como um homem tão bom foi ter um filho tão desgramado...

— Salvou vocês do quê?

— Dos home da campanha.

— Campanha de que?

— Da lepra, meu pai acusou dormência nos dedos e falaram que era a lepra.

— Hoje chama de hanseníase.

— Eu sei, naquele tempo falavam campanha contra a lepra.

— E como era a campanha?

— Levavam a família toda, pai, mulher, filhos, agregados, não ficava um.

— E como foi que o barão salvou vocês?

— Sucedeu de eu mais a Tide tá apanhando milho e ninguém não falou.

— Levaram seus pais e vocês duas ficaram?

— Fiquemos só, sem pai nem mãe; o doutor Mesquita botou a gente de resguardo na capelinha e adepois de passados quarenta dias concedeu da gente ficar de agregadas, a modo que tinham ateado fogo no nosso rancho.

— Vocês não foram procurar seus pais?

— Fomo depois de crescidas, mas Deus já tinha levado eles; nem não foi do aleijão, foi de mal-dos-peitos.

— E quem cuidou de vocês?

— Crescemos de agregadas, eu e a minha irmã Tide; sabemos como é ruim não ter pai nem mãe; por isso nós nem não queria enjeitar o bebê.

A fala da velha se torna quase inaudível. Júlia pergunta:

— Se não queriam, porque deram?

— O coisa ruim descobriu eu na Tide, foi lá e obrigou. Deu um dinheiro, sabe? Mas não foi a modo do dinheiro, é que na hora assustamos tanto que ficamos tolhidas de juízo.

— E ele? Não se engraçou com o bebê?

— Que nada! No que mostrei o bebê a modo de comover o coisa ruim, enfureceu feito cão danado, disse que eu não era a primeira que ele pejava e não queria saber de bebê, era para entregar pras madres. Se não levasse ia ficar sabendo e enxotar nós duas. Por aí a senhora tira uma ideia da ruindade desse homem.

— Essas madres estavam onde?

— Em primeiramente chamava casa dos expostos, adepois virou Orfanato São Vicente de Paula.

Júlia sente um frêmito. Uma velha surge do nada e menciona o orfanato no qual ela foi adotada.

— Antes não existisse orfanato nenhum no mundo, lamenta a velha

Logo se despede.

— Me desculpe, fique com Deus.

Júlia agarra o braço da velha impedindo-a de se erguer. Para ganhar tempo, pergunta:

— Como a senhora se chama?

— Meu nome é Maria das Dores, mas pode me chamar de Dasdores.

— Muito prazer, eu me chamo Júlia.

A velha retoma o desabafo em compasso agora mais lento.

— Eu tinha quinze anos, a menina hoje está beirando os quarenta e cinco, eu falo menina, mas de certo casou, tem filhos, e nunca não vou conhecer meus netos, pelo mal dos meus pecados. Era uma boniteza de bebê, mais clarinha que eu, tinha uma pinta bem na maçã do rosto.

— Esse orfanato, onde é que fica?

— Nem não existe mais. Faz um tempão que fechou.

— Por acaso era em Jacareí?

— Então a senhora conheceu?

— Ouvi falar.

— O casarão inda tá lá, no abandono, se a sinhá dona pegar a estrada velha de Santa Branca, passando o trevo avista ele detrás de um muro alto. Júlia anota mentalmente... Estrada velha de Santa Branca, passando o trevo... Muro alto. Depois pergunta:

— E o patrãozinho, a senhora nunca mais encontrou?

— Esse tinhoso morreu faz tempo.

— E como foi que ele morreu?

— Prefiro não alembrar.

— Foi tão ruim assim?

— Foi uma desgraceira depois da outra, sucedeu que o doutor Mesquita teve um ataque e matou a família toda, só sobrou esse coisa ruim, adepois tomem alguém matou ele.

— E da fazenda a senhora lembra?

— Demais. A gente não esquece adonde foi criança. Outro dia mesmo nós vinha voltando de uma romaria em Aparecida, eu mais a Tide e meu cunhado, e deu vontade de ver a fazenda. É passando Caçapava.

— E quem é que mora lá agora?

— Ninguém não mora lá, tá um abandono de da dó. A entrada tava tomada de tanto mato que quase passemos reto. A sede tava um ermo, a capelinha donde ficamos de resguardo não tinha santo nenhum.

— Quem são os donos, a senhora sabe?

— Sei não. Adepois paramos num posto e disseram que a fazenda tava mal-assombrada.

Júlia fecha os olhos e calcula: se ela teve o bebê com quinze anos e se passaram quarenta e cinco, então deve estar na casa dos sessenta. Volta-se para confirmar, mas a velha já não está.

Júlia ergue-se apressadamente, abandona a nave e tenta, do alto do pórtico, localizar a velha na praça ou a direção que ela tomou. Mas o sol forte incomoda suas pupilas ainda ajustadas à penumbra. Quando finalmente consegue enxergar, não vê ninguém na praça. A velha sumira como por encanto.

14
Segundo interrogatório de Maria do Rosário

Maria do Rosário mantém as fichas sob o lençol e anota furtivamente os traços do bebê, fingindo trocar fraldas. Joelia tem meia folga, Nelson dorme feito pedra. Mas a madre pode surgir a qualquer momento, xereta como só ela, e eriçada como tem se mostrado. Padre Geraldo mandou anotar as características dos bebês largados no portão: cor da pele do cabelo e dos olhos e sinais particulares e, se possível, fotografar, mas essa câmera que ele deu é ruim demais, assim miúda, precisa de muita luz.

Depois do encontro com o emissário do arcebispo, largaram mais um branquinho no portão, um menino. A madre decerto já acionou o esquema. Padre Geraldo fora peremptório: de forma nenhuma deixar que levem para fora do país.

Mas como impedir? Inventar uma febre... Não, febre a madre pode medir. Já sei, uma diarreia. Não tem como conferir e ganham-se uns dias. Padre Geraldo disse que já pediu ao arcebispo a expedição de uma diretriz eclesiástica à Madre Teodora suspendendo as adoções por estrangeiros.

A madre chamando. E agora? Ainda não fotografou porque precisou atender dois partos. Conseguiu convencer uma das mães a não se desfazer do bebê e sente-se vitoriosa. A outra não precisou, vai criar com a ajuda de uma tia. As duas de tez escura, uma quase negra.

O que a madre quer, desta vez? Ontem, depois da visita daquele frei, ficou tiririca.

— Maria do Rosário, cosa hai promesso??

De novo.

— Servir a Deus e não mentir.

— Você andou falando desses bebês deixados no portão?

— Não, madre, com ninguém, nem uma palavra.

— Bem... Abbiamo um problema. Chegaram dois casais da Itália, recomendados pelo bispo de Pádua, gente devota e de posses. Estão dispostos a doar uma quantia generosa ao orfanato.

— Sim, madre, e qual o problema?

— Vieram por esses bebês largados no portão, estão hospedados em São José há três dias.

Frio na espinha, com essa rapidez não contava.

— Essas duas infelizes que deram à luz ontem, como são as crianças?

— Um menino e uma menina.

— Mas e a cor da pele? Sono negri?

— Sim, madre, a menina é mais escura, o menino menos. A mãe da menina é quase negra, a do menino é mulata clarinha, as duas vão ficar com os bebês, graças ao bom Deus e à Nossa Senhora.

— Humm...

A madre parece hesitar.

— Pode ir, Maria do Rosário, andare com Dio.

— Bençâo, madre, mas a senhora disse que tinha um problema...

— Não é nada, nienti, eu resolvo. Vá, andare com Dio... E diga ao Nelson para pedir a perua, tenho que ir a São Paulo.

Maria do Rosário desconfia que a madre vai ao bispo. Assim que a perua some na curva da estrada, sai à procura do padre Geraldo. Encontra-o na sacristia.

— Ela vai dar os bebês, os italianos já estão aí.

— Assim rápido? Você não disse que o navio demora mais de duas semanas?

— Devem ter vindo de avião; às vezes, vêm de avião, na volta é que sempre viajam de navio; deve ser mais fácil embarcar com bebê em navio do que em avião; além disso, o avião faz escala e o navio vai direto de Santos a Gênova.

— Ou será que eles têm algum esquema em Santos?

— Pode ser padre, tanto assim que embarcam sempre em navios italianos, o Anna C e o Eugenio C, é sempre num deles.

— Quanto tempo nós temos?

— Leva uns dez dias para fajutarem os papéis. Mas pode sair mais depressa...

— Que história é essa de fajutar papéis, Maria do Rosário?

— Ora, padre Geraldo, então o senhor não sabe que o orfanato fajuta a certidão de nascimento? Isso vem de longe, desde os tempos da madre Giulitta.

— Sabia que iam para a Itália, mas isso de falsificar certidão de nascimento!? Como é que fazem?

— Não é bem falsificação, padre, a certidão é genuína, o que falseiam é a identidade da mãe; é igualzinho uma adoção à brasileira, só que por estrangeiro; declaram que a mulher deu a luz aqui no Brasil, em casa de família, e registram como filho dela; com a certidão de nascimento, pedem ao consulado um aditivo no passaporte e levam o bebê pra Itália como filho próprio.

— É fácil assim?

— Não sei se é fácil, sei que tem muita gente metida nesse cambalacho, escrivão, delegado, despachante, todos de combinação.

— E por que você acha que a madre está prestes a dar as crianças?

— Porque ela disse que os casais já estão hospedados em São José, depois se arrependeu e me dispensou. E me fez um monte de perguntas.

— Que perguntas ?

— Queria saber se andei falando dos bebês, queria saber como eram os dois bebês que nasceram ontem na casa maternal. Isso foi depois de aparecer um frade e conversarem a portas fechadas.

— Era um franciscano?

— Acho que sim.

— Deve ter sido frei Romeu com a ordem do arcebispo de manter os bebês.

— Ela não gostou nem um pouco. Acho que vai desobedecer.

— A diretriz é clara: impedir que sejam levados para o exterior.

— Tive uma idéia, padre Geraldo: vamos pedir a uns casais conhecidos nossos para adotarem. Assim mantemos os bebês aqui e com gente de confiança até passar esse tempo ruim.

— Você é mesmo esperta, Maria do Rosário, mas achar esses casais pode demorar e você disse que os italianos já estão aí.

— Vocês saem atrás dos casais e eu fico de olho na madre. Se perigar os italianos pegarem as crianças, eu estouro o esquema todo.

— Como assim, Maria do Rosário, estoura o esquema todo?!

— É outra boa ideia que eu tive. O senhor não disse que sou esperta? Mas essa eu não conto. É melhor só eu saber.

15
HISTÓRIA DO ORFANATO

Passado o trevo, Júlia avista o muro alto e extenso, tal como a velha descrevera. A velha que aparecera do nada, falara do orfanato e se esfumara em seguida. Chegou a pensar em alucinação. Só agora tem certeza de que a velha existe. Estaciona na margem oposta; sai do carro e contempla longamente o muro. O cenário é desolador. Reboco manchado e estourado, tijolos à mostra. A cumeeira do casarão, que emerge por trás do muro, tomada por samambaias. Seu olhar se detém num portão de madeira que parece fora dos eixos. No portão não há nenhuma inscrição.

Sente um calafrio. Ali ela pode ter nascido ou deixada para adoção por sua mãe biológica, talvez num momento de pânico. Tenta imaginar como ela era e não consegue. Após alguns minutos, decide-se. Atravessa a pista de asfalto, posta-se frente ao portão de madeira e bate palmas. Quem sabe há alguém?

O silêncio é total. Bate palmas outra vez. Persiste o silêncio. Assim se passam muitos minutos. Desapontada, já cogita se retirar quando por entre as tábuas do portão percebe lá dentro um vulto conduzindo um cão. Volta a bater palmas, dessa vez com muita força. Insiste. Já lhe doem as mãos quando surge pelas frestas do portão um rosto de velho.

— A senhora procura alguém?

— Boa tarde, meu nome é Júlia, estou fazendo uma pesquisa de história sobre o orfanato.

— Aqui é lar sacerdotal.

— Como?

— Casa de repouso, é pros padres aposentados.

O velho mal deslocara o portão modorrento. Afasta-o um pouco mais, estica a cabeça para fora, olha numa direção da estrada depois na outra, sai e puxa o portão atrás de si. Ao lado, há um resto de banco. Senta-se na beirada, tira o chapéu de palha e aponta com o queixo o outro extremo como que convidando Júlia.

— Se achegue, dona.

— Como é o seu nome?

— Meu nome é Nelson, como é mesmo sua graça?

Júlia senta-se e contém a ansiedade. Já aprendeu que o tempo no vale é lento; o povo fala uma prosa saboreada, sem pressa de acabar.

— Me chamo Júlia.

O velho fita o carro estacionado na margem oposta.

— Boniteza de carro, dona Júlia. Eu, se pudesse ter carro, ia ser uma Brasília. Mas é como se eu fosse padre, eles não têm posse nenhuma, a senhora sabe? Em troca, a igreja não esquece deles nunca. Mesmo eu não sendo padre até hoje me pagam salário.

— O senhor faz o quê, seu Nelson?

— De carteira sou vigia, mas em verdade faço de tudo.

O velho mastiga o cigarro de palha, empapado no canto da boca.

— A senhora tá fazendo pesquisa, pois saiba que aqui de antes era lazareto.

— Um lazareto? Do governo?

— Não, da igreja; consta que a viúva dum barão deu as terras e o dinheiro pra igreja montar o lazareto a modo alcançar graça por uma irmã molestada nos dedos.

— E o que aconteceu com o lazareto?

— Consta que sucedeu mudança na política e ficou sem serventia; o governo montou uma colônia pras famílias dos chagados lá pros lados de Campinas, igual um povoado, com função, com casamento, com escola pras crianças, cada família tinha sua casinha, só não podia sair; a modo que aqui ficou sem serventia, então decorrido um tempo, a igreja teve a ideia do orfanato.

— O senhor trabalha aqui faz tempo?

— Um tempão; as freiras me chamaram assim que montaram o orfanato, a modo que eu entendia um pouco a fala delas porque me criei no meio da italianada do Quiririm.

— É onde estão as cantinas?

— As cantinas inventaram depois de minguar a lavoura, saiba a dona que no Quiririm se colhia arroz pra alimentar o Brasil, ponha isso na pesquisa.

— Minha pesquisa é sobre o orfanato, seu Nelson. O senhor me conta história do orfanato? O senhor deve conhecer ela toda.

— Só não sei o que não é pra saber. Testemunhei tudo, desde o começo, alembro como se fosse ontem o dia que eu alertei, mas a madre superiora se fez de mouca.

— Alertou de quê?

— De mandar as criaturinhas pra Itália, sei que era pro bem delas, mas não devia de ser escondido.

— Mandavam todos?

— Alguns mais escurinhos ficava, a não ser as meninas, ai tomem alguma família de lá queria.

— E o que acontecia com os que ficavam?

— Mais dia menos dia alguma família daqui pegava. A senhora está fazendo pesquisa, e não escreve? Vai alembrar de tudo?

Júlia se apressa a tirar uma caderneta na bolsa.

— Tenho memória boa, mas o senhor tem razão, é melhor anotar. Quando foi que abriu o orfanato?

— Foi a modo da guerra que matou e aleijou muita gente na Europa, as famílias queriam filhos e não podiam, então o Papa teve a ideia de montar os orfanatos; a madre me explicou, montaram em tudo que é lugar, não foi só no Brasil. O nosso de primeiro era só orfanato, depois agregou a casa maternal. Ficou sendo Orfanato e Casa Maternal São Vicente de Paula.

Ao ouvir de novo o nome que constava nos papéis do estojo, Júlia sente o mesmo frêmito da primeira vez. Logo se recompõe.

— O senhor disse que mandavam para Itália?

— Tava ai o malfeito, não falavam pras infelizes que o nenê ia pro estrangeiro.

— E como é que o bebê era registrado, seu Nelson?

— Consta que era no cartório de Jacareí.

Júlia pensa no seu registro de nascimento, totalmente esquecido, depois que tirou cédula de identidade. Anota mentalmente. Conferir o cartório do registro de nascimento.

— Mas o delegado de São José tomem tava no esquema, acrescenta o vigia.

— Não diga...

— Um tal de Felipão, que se dizia neto do barão de Mesquita. Não acostumo de falar mal de quem já morreu, mas esse era um tinhoso, ninguém não gostava desse homem. Aparecia muito por aqui.

— E vinha fazer o quê?

— O que é que a dona acha? Hoje a gente pode falar. Vinha pegar a parte dele. Eu bem que alertei. Não me escutaram, deu uma babilônia de confusão.

— E como foi?

— Foi talequal eu preveni. Apareceu uma garota querendo o filho de volta. Garota nova, parruda, com cara de roceira; veio da banda de lá.

O vigia aponta com o chapéu na direção da serra de Mogi.

— Disse que tinha vindo a pé desde Salesópolis. Abriu a boca no mundo aqui mesmo, nesse portão que estamos agora.

— E devolveram o nenê dela?

— Nada, nem não deixaram entrar. A moça enfezou e deu de gritar. Era de partir o coração. Foram parando os carros, bem donde tá o seu corsinha. A Madre Superiora veio até o portão e disse que a criança não estava mais no Brasil, a modo que não adiantava gritar; só restava orar pela filha. Lembro até hoje das palavras da madre. Pregue per la bambina, pregue per la bambina. Foi isso. Não passou um mês, tava no jornal.

— O senhor lembra que jornal, seu Nelson?

— O daqui era o *Vale Paraibano*, que nem não existe mais. Esse só avisou que o orfanato ia fechar, nem não explicou o motivo. O de São Paulo era o *Estadão*, no começo deu os pormenor, a repórter do jornal falou comigo aqui mesmo donde estamos sentados, uma gorduchinha esperta, boa de conversa. Mas ela sabia mais que eu, só pedia para eu corrigir algum pormenor.

— E como foi essa reportagem?

— Falava das crianças serem mandadas pra Europa, essa foi a parte mais pior. Não passaram dois dias baixou um pelotão da guarnição de Caçapava. O tenente disse que era assunto de segurança nacional.

— O senhor se lembra do nome da jornalista?

— Ah... Dona Júlia... Faz tanto tempo!

— O senhor não se lembra nem o primeiro nome?

— O primeiro nome... Deixe ver... Era bem curto... Acho que era Paula... Isso mesmo, era Paula alguma coisa.

— E a data, o senhor lembra?

— Alembro que foi na semana que nasceu minha primeira filha, a Ritinha. Eu queria ver o nenê, mas por causa da confusão a Madre Superiora não deixou, até o Pouso Alto, ida e volta era um dia inteiro, ela disse que naquele dia não podia e que era pra eu não arredar do portão; deixe ver... A Ritinha é de janeiro, tá com 25 anos, já me deu um neto, o Marquinho, de três anos. Então foi... Deixe ver...

— Se nós estamos em 94, deve ter sido em 69.

— A dona acertou, a Ritinha é de 10 de janeiro de 69, isso foi três dias depois, então foi no dia 13 de janeiro de 69.

— Era a ditadura militar.

— Foi o que piorou. Consta que tinham desavença com o cardeal e se aproveitaram. Fecharam o orfanato e acusaram a gente de tráfico de criança. Deus do céu, eu metido com tráfico de criança! A dona acredita que passei dezesseis horas no quartel de Caçapava?

— O que aconteceu com as crianças?

— Sobraram poucas, os escurinhos; foram pro orfanato de São Paulo, no Pacaembu.

O velho bruscamente se cala, como que se lembrando de algo. Põe a mão no queixo, coça a barbicha rala, sacode a cabeça, depois diz num resmungo:

— Engraçado, nunca não tinha pensado nisso...

— Não tinha pensado em quê, seu Nelson?

— A Maria do Rosário fez eu jurar tão jurado que eu nunca não pensei mais nesses bebês, passei a esponja, como se diz.

— Que bebês, seu Nelson?

— Eram três ou quatro. Estranhamos a modo de serem todos clarinhos e o jeito esquisito de trazerem eles, de madrugada, largados no portão... Nem lhe conto.

— Esses bebês também foram pro orfanato do Pacaembu?

— Ai é que está, dona Júlia. Uns dias antes de sair a reportagem vieram dois padres de São Paulo numa Kombi e levaram. Quem cuidava deles era mais a Rosário.

— Quem era a Rosário?

— Era a enfermeira do maternal. Ah... A Maria do Rosário. Aquilo é que era mulher, dona Júlia, danada de bonita e decidida como ela só. A Rosário era cria nossa. Chegou de bebê e foi ficando, ficando, e as freiras adotaram. Teve estudo. Até diploma de parteira tirou. A madre superiora de antes tinha a Rosário a modo de filha. Eu tomem gostava muito da Maria do Rosário.

— E o arquivo do orfanato, os registros, o senhor sabe onde foram parar?

— No que saiu a reportagem, veio esse delegado de São José, o Felipão, e carregou tudo.

— Carregou pra onde, seu Nelson?

— Nunca não fiquei sabendo. O tenente que chefiava o destacamento de Caçapava deu com a falta das gavetas e ameaçou a madre e as freiras. Consta que fizeram maldade. Nem não gosto de falar...

O vigia para de falar e se põe pensativo, como que tomado por uma má recordação, o cenho subitamente franzido, o olhar vazio, fixo no nada. Passado um minuto, disse:

— Foi a modo do sumiço dessas gavetas que me levaram pra Caçapava. Lá me humilharam, a senhora sabe? Os covardes me ameaçaram, me bateram. Eu nem não abri o bico, preferi apanhar do que me enroscar com o delegado Felipão. Eu lá ia me meter com um malfeitor desses que já tinha um monte de morte nas costas?! Inda mais, uma autoridade! A corda sempre arrebenta do lado dos mais fracos, não é mesmo?

— E depois, o que aconteceu?

— Teve o processo contra a diocese por tráfico de crianças, mas eu nem não fui chamado; consta que depois de um tempo arquivaram.

— E essa Maria do Rosário? O senhor sabe onde eu posso encontrar?

— Ah! A Maria do Rosário! Nessa confusão toda ela sumiu. Um mistério, dona Júlia! Um grande mistério!

Nunca mais ouvi falar da Maria do Rosário. De tudo o que aconteceu, foi o que me deixou mais triste. Além da boniteza, a Maria do Rosário tinha mais valentia que muito homem. Inté hoje, tem vez que eu penso nela.

16
O livro das adoções e o livro caixa

Maria do Rosário vasculha os papéis no escritório da madre. Abre gavetas, fecha. Revira pastas, esquadrinha o arquivo, remexe na escrivaninha. Onde estariam os blocos de formulários? Tem pressa. A madre pode chegar a qualquer momento. Ideia do Durval. Ele sempre pensa no pior, não é pessimista, só é superprecavido. Tem muita gente caindo. Tem muita infiltração. E se pegam o dominicano que ela escondeu e chegam a ela? Ou já pegaram?

O rapaz dissera ao Durval que escapou por milagre. Não existe milagre. O tal delegado amigo do Durval não descobriu nenhum preso que combinasse com a descrição do dominicano. Como é que o cara some assim? História mal contada. Não devia ter me exposto. O Durval foi mais esperto, veio pegar ele no escuro, de óculos e com aquele bigode postiço ridículo.

Maria do Rosário examina outra vez a escrivaninha. Destampa um compartimento lateral. Ah... Os formulários, bem na minha cara e eu abrindo gavetas. Levo duas folhas. Se errar uma tem outra. Dois de compromisso de fé e dois registros de entrada. Assim, não tem erro.

Ao bater os olhos no formulário, Maria do Rosário volta a pensar no nome que dará ao bebê. Será que é menina? Durval diz que, se for menina, ele mesmo leva para criar, adota, diz que a Margarida aceita. Por mim, tudo bem, e vai se chamar Júlia, pela madre Giulitta. Se for menino, não sei, vou pensar. Ainda falta muito.

Repassa o que havia combinado com Durval. Digo à madre Teodora que o curso de enfermagem é de tempo integral e fico na kitinete da jornalista amiga do Durval até nascer. Parto natural, como aprendi, até nisso deu sorte, quando fiz o curso não imaginava que eu mesmo ia precisar. Ou foi o curso que me deu vontade? Não, foi a situação. Por mim largava o orfanato e ia viver do meu jeito, essa madre Teodora me aporrinha demais, mas o Durval diz que podem aparecer outros bebês e que o orfanato é boa cobertura. Também dá pena deixar tanta menina apavorada.

Maria do Rosário bate os olhos num livro de capa preta e dura. O que será? Páginas numeradas... Nomes seguidos de data, Antonio, José, Madalena, Inêz, Maria de Lourdes, Maria de Fátima... São os nomes dos bebês, os mesmos que estão nas cartelas que a gente enrola nos bracinhos deles. E esses sobrenomes estranhos na outra coluna? Claro! São os sobrenomes dos casais que adotaram.

Deixe ver... Onze sobrenomes italianos! Esse deve ser francês. Um, dois, três... Oito sobrenomes brasileiros, ou talvez portugueses. Não dá tempo de escrever tudo, anoto os totais. Ah!... O branquinho largado no portão! Pela data só pode ser ele. E o nome da família que levou! Casal Mantinelli, Via Forcella 41, Nápoli. Esse é melhor escrever. Humm... Temos aqui um Livro Caixa? Vamos ver. Caramba! É muita grana! Oito mil, sete mil, dez mil. Tudo em dólar... Destra Nationale-Milano... Deve ser nome de banco. Vou perguntar ao Durval.

Antes de sair Maria do Rosário percorre rapidamente com os olhos uma pilha de livretos da Opus Dei. Pensei que Opus Dei fosse coisa só de homem. E esse aqui? Maria do Rosário põe-se a ler: "Ninguém pode ser ao mesmo tempo um bom católico e socialista. Todos os católicos que votarem em comunistas ou se filiarem a partidos comunistas ou escreverem livros ou revistas marxistas estão excluídos dos sacramentos. E excomungados automaticamente".

Caramba! Excomungados! Maria do Rosário lê o título na capa: *Decreto contra o Comunismo*, Papa Pio XII. Por isso ela fala tanto em padres marxistas. Maria do Rosário olha as horas. Já passa das quatro. Melhor cair fora. Nunca pensei, dez mil dólares... Comércio nojento.

À noite, entrega ao Durval os formulários surrupiados.

— Durval, nada ainda sobre o dominicano que eu escondi?

— Nada. Sumiu mesmo. Só sei que está caindo muita gente da igreja.

— Durval, você tem se encontrado com aquela tua amiga jornalista?

— Às vezes. Por quê? Está com ciúme da Paula também?

— Não, Durval, tenho uma informação importante para passar para ela.

— O assunto dos bebês?

— Como é que você adivinhou?

— Só podia ser isso.

— Vou estourar o esquema da madre.

— Você acha que a madre vai desobedecer ao arcebispo?

— Não tenho dúvida. Chegaram dois casais da Itália. Já devem estar preparando a papelada.

— E como é que ela vai justificar?

— Vai dizer que só deve satisfação ao Papa, que a missão dela foi outorgada por Roma, o que não deixa de ser verdade. Acho que a madre foi a São Paulo dizer isso.

— Joga a briga para cima, Igreja Carismática contra Igreja da Libertação.

— Exato. Sabe como ela chama os padres da comunidade?

— Como?

— Marxistas. E pronuncia marxistas com xis de lixo e num tom de quem diz hereges ou coisa pior. Descobri na sala dela pilhas de uma encíclica anticomunista e breviários da Opus Dei.

— Vou chamar a Paula.

— Manda brasa, Durval. Diga que é urgente.

17

REENCONTRO NA IGREJA MATRIZ

Júlia retorna à Igreja Matriz de São José no primeiro sábado depois da conversa com o vigia do orfanato. Tenta organizar a maçaroca de informações recebidas. Sente-se ao mesmo tempo excitada e confusa. A conversa rendera muitas pistas, os dois jornais, a delegacia de São José, o cartório de Jacareí. Estava chocada com a história das crianças enviadas ao exterior. E os bebês largados no portão?

Tudo se deu na época em que foi adotada, talvez no mesmo ano. E por que ela, tão clarinha que poderia ser tomada por branca, não foi parar na Itália? Quanto mistério! Parecia uma novela de Victor Hugo. Mães desesperadas que entregam seus recém-nascidos. Uma enfermeira corajosa que desaparece para sempre. Arquivos confiscados pela polícia. E esse delegado perverso sempre aparecendo, igualzinho ao Javert de *Os Miseráveis*.

Era do orfanato São Vicente de Paula o compromisso assinado pelo pai de educar a criança na fé católica. Tinha o sinete do orfanato. Portanto, sua mãe biológica a entregou a esse orfanato. Isso é um fato. Como descobrir quem foi ela se os arquivos sumiram e o orfanato foi fechado há anos? Onde será que o tal delegado de São

José enfiou os arquivos? Ou será que ele os destruiu e ela nunca saberá quem foi sua mãe biológica?

Encontrou o largo da matriz como da primeira vez. O mesmo vazio, o mesmo sol escaldante. Ali estava o mesmo preto velho de carapinha branca e mão estendida, e, de novo, ela lhe deu as moedas que conseguiu catar no fundo da bolsa. Estremeceu, viu-se num ritual. Era como se naquela pracinha o tempo tivesse parado, ou ela estivesse vivendo duas vezes um mesmo momento. Entraria na igreja, ajoelharia no primeiro genuflexório, do lado esquerdo da entrada, fingiria rezar e segundos depois a velha de pano preto com bolinhas brancas surgiria ajoelhada ao seu lado e iniciaria um lamento e ela lhe faria perguntas sobre o orfanato. Quem sabe, também ela andou atrás dos arquivos para descobrir o paradeiro da filha? Entretanto, não aconteceu assim. Dasdores lá estava, ajoelhada no mesmo genuflexório, mas o lugar que fora seu já estava ocupado por outra a quem Dasdores decerto repetia o desabafo semanal, sempre a um desconhecido, como ela dissera.

Para chamar a atenção de Dasdores, Júlia ajoelha-se no genuflexório da frente. Passados muitos minutos sem ser notada, desiste, ergue-se e se ajoelha na outra ala, junto à porta, para não perder a saída da Dasdores. Finge que reza. Pensa na sucessão de fatos espantosos que tem vivido desde o encontro do estojo até à história das crianças enviadas para a Itália. Passados alguns minutos dirige o olhar para o lado da Dasdores. A velha já sumia pela porta da frente. Júlia ergue-se num átimo e de pernas ainda entorpecidas alcança-a ao pé da escadaria:

— Senhora Dasdores, lembra-se de mim?

— Alembro, a gente conversou um tempão.

— A senhora está indo para onde?

— Pro Quiririm.

— Então eu levo, assim a senhora me ensina o caminho. Eu queria mesmo conhecer as cantinas. E a gente conversa um pouco, meu carro está ali na ponta da praça.

Assim que o ar quente reflui do carro, Júlia convida a velha a se sentar. Logo que dá a partida pergunta:

— Dona Dasdores, fiquei curiosa com o seguinte: se a senhora se arrependeu tanto de dar o bebê, porque não voltou para pedir de volta? As madres teriam que devolver.

— Devia mesmo de ter voltado. Mas de primeiro eu nem não pensei. A Tide trabalhava fora e eu cuidava dos meus sobrinhos, um menino e uma menina. Me confortava com eles. Só depois é que eu senti essa aflição pela minha filha...

— Depois quando?

— Depois que voltei de Minas.

— A senhora morou em Minas?

— Foi. Por motivo de homem. Ah! Os homens! Só desgraçaram minha vida, primeiro o patrãzinho, adepois o Alcides, cunhado da Tide. O Alcides era caminhoneiro e às vezes passava pela Dutra e vinha filar uma boia na Tide. De verdade, ele caiu no meu gosto. Aí a Tide falou, vai mais ele, você carece de mudança; eu fiquei sem jeito, achei que tava estorvando e fui.

A velha vira o rosto para a janela e faz que acompanha a paisagem. Júlia deixa passar alguns segundos e pergunta:

— Não deu certo com o Alcides?

— A cidade dele ficava nos cafundós do Judas; nome de Formiga. Isso lá é nome de cidade? Em chegando, na horinha me desiludi.

— Por causa da cidade?

— Por causa dele mesmo e da mãe dele; o Alcides morava nos fundos duma garagem desmazelada, ele mais a mãe, uma veia desditosa que cuspia de banda e implicava comigo. Pra veia não dizê que eu vivia de brisa, eu fazia meus quitutes e vendia nos bairros de cima, onde morava o pessoal abonado. Iam as coisas nesse pé inté o Alcides bater o caminhão e pegar a beber. Aí desandou de vez. Eu nem reconhecia ele. À causa da cachaça, um dia ele me deu um tapa. Na horinha juntei meus trapos e se mudei pra casa de um médico a modo que a mulher era freguesa das cocadas e vivia me assuntando pra trabalhar na casa dela. Lá fiquei bem uns dois anos, até a Tide emprenhar outra vez e me chamar.

— Foi quando voltou a saudade da filha?

— Foi. No que nasceu a filhinha da Tide, uma lindeza de bebê, me voltou inteirinha a lembrança do meu, acho que pela parecença.

— E o que senhora fez?

— Tomei coragem e bati no orfanato, porém nem não adiantou, por motivo ter passado muito tempo e a madre ser outra. Essa outra nem não quis falar comigo.

— Dasdores, é aqui que a senhora mora?

— É mais pro fim da rua, mas eu fico aqui mesmo. Imagine eu chegando de automóvel, a Tide vai pensar que sucedeu uma desgraça; mas que mal pergunte, por que a senhora tá tão interessada no orfanato?

— Um dia eu lhe conto.

18
O martírio de padre Josias

Padre Josias respondeu educadamente que não era necessário. A Valise é pequena e leve, disse. Seguia a recomendação do bispo de mantê-la sempre junto de si. Comporte-se com naturalidade, dissera também o bispo. Maleta velha, de couro surrado, para não atrair atenção. Levava num dos compartimentos a muda de roupa e o estojo de higiene e no outro os documentos em envelope de papel manilha reforçado.

Entregar o relatório sem ser detectado. Essa era a missão. O arcebispo de Recife estava sob vigilância. O comando militar do Quarto Exército só se referia a ele como o bispo vermelho. Meses antes, o padre Henrique, auxiliar da arquidiocese, havia sido assassinado. Padre Josias só sabe que os documentos referem-se a oito bebês de presas políticas nascidos em prisões e desaparecidos e que tem como destino final a Anistia Internacional, na Inglaterra, para onde o arcebispo viajaria no mês seguinte para receber o título de Doutor Honoris Causa da Universidade Católica de Dublin.

Era um voo curto, de Salvador a Recife, avião de porte médio, dois lugares de cada lado. De São Paulo, onde lhe deram mais documentos, a Salvador, viera num avião maior, assento na janela. Padre Josias pediu de novo janela. Sente na mansidão das nuvens a presença divina e aproveita para ler passagens do velho testamento. Por isso, sempre traz sua bíblia à mão. Ao seu lado sentou-se uma senhora encorpada e sisuda que mal lhe dirigiu o olhar. Viajar ao lado de mulher o perturba. Por mais que tente a abstração mental, sobrevém a ereção. Maldito imperativo sexual. Tantas missões importantes e a igreja insiste no celibato a nos complicar a vida. Padre Josias fora proibido de rezar missa pelo bispo de sua prelazia, da linha carismática, por causa de sua pregação social. Compensava assumindo tarefas arriscadas do arcebispo.

O avião pousa e os passageiros começaram a sair. Logo o padre atingiu a porta de saída. Do topo da escada, percebe o jipe militar estacionado na pista com três soldados ao lado e dois homens à paisana ao pé da escada. Quer recuar, mas é tarde demais. Ao pisar na pista recebe voz de prisão. O senhor está detido para averiguações. No mesmo instante foi agarrado dos dois lados e conduzido ao jipe.

Agora estava nas mãos deles. Para onde será que estão me levando? Padre Josias pensa rápido. Não leva nomes de pessoas nem endereços. Isso é importante. Não entregar ninguém. Documentos sempre podem ser refeitos. É provável que já foram e estão seguindo por outra rota. A igreja tem dois mil anos de experiência.

É um mero estafeta. Não sabe o que está escrito e nem quem escreveu. Essa é a história que vai contar. Quem será que informou os tiras? Seria bom saber. Tem essa ala carismática que nos combate, mas a isso não chegam. É um trato não escrito. Nossa briga é resolvida entre nós. Deve ter sido o telefonema, avisando para eu me preparar. Alertei: nada de telefone. Não me escutaram. Às vezes penso que chamamos o martírio.

Quem deu a pasta? Para quem você ia entregar? Um dos interrogadores é gordo, careca e de olhos inchados como se estivesse bêbado, e o outro, magricela, ambos em manga de camisa. De pé, um de cada lado da cadeira em que sentaram o padre de mãos atadas atrás das costas, impacientam-se com seu silêncio, mas não reúnem coragem para esbofeteá-lo, a preliminar de todo interrogatório.

Entra um oficial com patente de capitão.

— Então, conseguiram?

— Não quer cooperar, diz o gordo.

— Estão esperando o quê? Pendurem.

— Mas capitão, um homem da igreja...

— Quem mandou precipitar?! A ordem era seguir, descobrir com quem ia se encontrar. Agora virem-se. Se não falar, pendurem, quero os nomes em meia hora.

O oficial sai pela porta que entrou.

O interrogador gordo, que parece ser o chefe, pensa contrafeito alguns segundos. Depois diz, decidido:

— Tira a roupa dele, tira essa batina.

Desamarram o padre Josias e arrancam a batina. De camiseta e cuecas, é um qualquer, como os outros. Incrível a diferença que faz a batina. Arrancam a camiseta e a cueca e o penduram num grosso caibro apoiado em dois cavaletes com as mãos enfiadas por dentro dos joelhos. Atam punhos e tornozelos com arame. O magrela passa a espancar as nádegas e as palmas dos pés do padre com uma colher de pau, enquanto gorducho vai perguntando: quem te deu a pasta? Para quem você ia entregar? Padre Josias sente a mesma dor aguda de quando se autoflagela após noites perturbadas por sonhos lúbricos. Sente, em seu sofrimento, o martírio em Cristo. Seu sangue, que agora pinga no cimento, é sangue de Cristo.

19
BUSCA NOS JORNAIS

Desde o encontro com o vigia, Júlia não consegue se concentrar no trabalho. Não vive o presente, só pensa no passado, na adoção, na mentira que vivera até então. O *Vale Paraibano*, que noticiou o fechamento do orfanato, não existe mais. Foi engolido por este de São Paulo, explicara o jornaleiro da pracinha de Jacareí, um velhinho com boina de espanhol, apontando para o *Diário da Manhã*.

Júlia nunca tinha lido o *Diário da Manhã*. O pai assinava o *Estadão*. Surge na sua mente a imagem do pai lendo o jornal à mesa do café e meneando a cabeça em sinal de desgosto. A mãe ralhava, larga esse jornal, homem, ele punha o jornal de lado, mas não resistia a olhar de soslaio. Dias depois repetia-se a mesma cena.

Numa segunda-feira, Júlia vai a São Paulo, matando um dia de serviço. Quem sabe o *Diário da Manhã* possui a coleção do Paraibano? Na sede do jornal é informada que a coleção fora doada à biblioteca municipal de Taubaté. Antes de regressar, visita os irmãos. Pensa em compartilhar a história do orfanato. Talvez se lembrem de alguma frase do pai que dê a pista de sua mãe biológica.

Janta no Lair e examina as feições do irmão, tentando distinguir traços parecidos aos seus. Não encontra semelhança alguma. Espantoso. Não podia haver dois seres anatomicamente tão diferentes. Eram tão íntimos, talvez por isso nunca se deram conta. Ao passar depois, no Beto, a mesma constatação, o irmão mais velho tinha alguma semelhança anatômica com Lair, nenhuma com ela.

Beto não gostou da conversa sobre o orfanato. Passou a falar da venda do apartamento. Havia duas ofertas, uma mais baixa à vista, outra melhor, para pagamento em dois anos. Ela diz para ele fazer como achar melhor. Ela assinará em baixo. Beto indaga do novo emprego e da vida em Jacareí. Ela não sabe responder. Percebe que está tão absorta na sua busca pela mãe biológica que não pensa em mais nada.

No dia seguinte, Júlia encontra na Biblioteca Municipal de Taubaté os volumes encadernados do Vale Paraibano. Vinte e dois volumes. Pede os de dezembro de 1968 a março de 1969. Há muitas manchetes sobre a vinda de novas fábricas ao *Vale do Paraíba*. A Volkswagen confirmava a instalação de uma montadora em Taubaté. A prefeitura anuncia a inauguração de estradas vicinais.

Eis, num canto de página, a notícia, curta, do encerramento das atividades do Orfanato São Vicente de Paula. A Casa Maternal ainda funcionaria por seis meses, depois também encerraria suas atividades, diz o comunicado da Diocese de Jacareí. Júlia procurou mais notícias sobre o fechamento nas edições seguintes e nada encontrou.

Antes de devolver os volumes topa com uma entrevista com um delegado de São José dos Campos, chamado

Felipe Mesquita. Um promotor público de São Paulo o acusara de chefiar um esquadrão da morte e de duas chacinas. O delegado nega tudo. Diz que as chacinas foram acertos de contas entre quadrilhas de traficantes. Júlia grava o nome, Felipe Mesquita, delegado de São José na época do fechamento do orfanato. Só pode ser esse que levou os arquivos do orfanato e que se dizia filho de Barão.

Na semana seguinte, Júlia viaja outra vez a São Paulo para consultar a coleção do *Estadão*. Antes marcou pelo telefone. No penúltimo andar de um alto prédio no centro da cidade, a sede do jornal, um senhor de idade a informa que os jornais são encadernados mês a mês. Júlia pede o último mês de 1968 e os dois primeiros meses de 1969, desde um mês antes até um mês depois da data lembrada pelo vigia Nelson. O vigia Nelson dera a data quase exata do desbaratamento do orfanato, segunda semana de janeiro de 1969. Começa pelo volume de janeiro. Os jornais ainda falavam das consequências de um Ato Institucional de número 5, decretado no mês anterior. O Congresso fora fechado, cientistas e políticos estavam sendo cassados. Muitos deles foram para o exterior. Ficou espantada ao ler que os cantores Gilberto Gil e Caetano Velloso haviam sido presos e depois tiveram que se exilar na Inglaterra. Uma notícia de primeira página fala em subversão estudantil: *a 6ª região militar informou que após intenso esforço de investigação desbaratou uma organização estudantil clandestina filiada* á *Ação Popular Marxista-Leninista. Os pais incrédulos,chocaram-se com o fato de seus filhos ginasianos já estarem contaminados pelo germe do comunismo, veneno inculcado por falta de amigos e atenção dos mais velhos.* Mais espantada ficou ao ler notícias sobre terroristas. Cada dia havia pelo menos uma: *Foi morto ontem ao resistir à prisão, em sua casa na capital paulista, o terrorista da ALN Marco Antonio Braz de Carvalho. Foi morto ontem por agentes do DOPS de São Paulo o militante da VPR Hamilton Fernando da Cunha, de 28 anos. O terrorista reagiu à ordem de prisão ao ser flagrado na gráfica Urupês, em que trabalhava.* Júlia pensa nos documentos guardados pelo pai, fuzilamentos sumários eram noticiados como se a vítima tivesse resistido à prisão. Outra notícia fala em suicídio, artifício que o relatório do pai também denunciava: *suicidou-se na cela em que se encontrava detido na Delegacia de Furtos e Roubos de Belo Horizonte o sargento da aeronáutica João Lucas Alves, de 34 anos, militante do Colina.*

O jornal também fala em milagre econômico. O que seria isso? Lembra-se do pai ter usado essa expressão numa viagem a São José, ao passarem pelas fábricas da Dutra, mas ela era pequena e não sabia o que significava. Na segunda semana, a manchete do dia 13 é o lançamento do novo disco dos Beatles em Londres, *Yellow Submarine*. Esse foi o dia do fechamento do orfanato. O jornal deve ter dado no dia seguinte, calcula Júlia. Vira as páginas pressurosa e lá está a notícia na primeira página do dia quatorze, porém discreta e sem nenhum texto. Remete para a página cinco. Vai até lá e lê sofregamente:

Tráfico de crianças em São José

As madres mandavam as crianças para a Itália.

Reportagem especial da nossa correspondente em São José dos Campos, Paula Rocha.

Desta pacata cidade do Vale do Paraíba, bebês nascidos de mães brasileiras muito pobres foram enviados para adoção no exterior, burlando as exigências legais. Estima-se que em cerca de vinte anos, mais de 40 bebês foram levados ao exterior, a maioria para a Itália. No centro dessa corrente está a Casa Maternal e Orfanato São Vicente de Paula.

As mães grávidas eram induzidas a se internarem na casa maternal e de lá os bebês iam para o orfanato onde aguardavam a chegada de casais do exterior que os adotavam. Certidões de nascimento e anotações em passaportes eram providenciadas pelos cartórios de Jacareí.

No mês passado, uma dessas mães protestou na porta do orfanato, chamando a atenção de populares. Para aquietá-la, a madre superior teria lhe dito, na porta do orfanato, que o bebê já não estava mais lá, tinha sido levado para o exterior. No orfanato, todos se recusam a falar, nas delegacias de São José e de Jacareí, não há nenhum boletim de ocorrência e os delegados desmentem tudo. Mas apesar do muro de silêncio, esta repórter confirmou a existência do esquema, de três fontes diferentes, que não podem ser expostas, inclusive dois padres.

Continua amanhã: como eram forjados os documentos; policiais das delegacias de São José e de Jacareí poderiam estar envolvidos.

Nas edições seguintes, o espaço em que deveria estar a continuação da história é ocupado por versos dos *Lusíadas*. Na do dia 31 a manchete é um massacre na Irlanda em que os soldados britânicos mataram 14 pessoas, inclusive seis crianças. O orfanato sumira do noticiário. Era como se, de repente, uma cortina tivesse se fechado sobre o assunto. Paula Rocha, esse era o nome da jornalista de São José. Ela anota, torcendo para que ainda esteja viva.

Júlia não desiste. Se as reportagens haviam sido censuradas, restavam os autos do inquérito. O vigia Nelson dissera que houve um inquérito. No dia seguinte vai ao fórum de Jacareí, o município onde o orfanato estava sediado. Não fica distante do seu pequeno apartamento. Ao caminhar pelas calçadas do centro, e ao se ver refletida nas vitrines de lojas, ocorre-lhe que sua mãe biológica pode ter pisado esse mesmo calçamento, essas mesmas lajotas e ladrilhos, décadas atrás, e se põe a imaginar como ela seria, como seria seu porte, seu jeito de andar.

No balcão de atendimento do fórum inventa que esta fazendo uma pesquisa histórica sobre o funcionamento da justiça em comarcas do interior e pede as pastas das datas indicadas pelo porteiro Nelson. Recebe do amanuense duas caixas pesadas, correspondentes aos meses de janeiro e fevereiro de 1969. A primeira contém um livro de registro de audiências. Júlia constata eufórica que nele estão listadas as audiências do processo do orfanato.

Mas não encontra as pastas do processo, nem indicação de terem sido retiradas para consulta. Haviam se passado mais de vinte anos, contudo não era normal esse sumiço de documentos. Ela sabia, desde quando Beto precisou despejar o inquilino do apartamento, que a justiça pode ser lenta, mas é inexorável e preserva seus documentos com zelo de arqueólogo.

Entretanto, nenhum funcionário do fórum soube explicar o sumiço do inquérito do Orfanato São Vicente de Paula, embora dois deles, mais antigos, se lembrassem vagamente do episódio. Exausta, Júlia senta-se num banco na praça para descansar e pensar no que fazer. Um dos velhinhos que jogavam dama a aborda.

— A senhora não é daqui, não é mesmo?

— Não, sou de São Paulo, mas estou morando em Jacareí.

— É a terceira vez que vejo a senhora descer as escadas do fórum com jeito de desconsolada. Aquilo ali é muito bagunçado, vivem perdendo as pastas. Trabalhei lá trinta e dois anos, agora estou aposentado, mas ninguém conhece aquilo melhor que eu.

— E o senhor fazia o que no fórum?

— Oficial de justiça, pior profissão não tem, de deixar a gente doente; perdi a conta das vezes que tive pesadelo depois de despejar famílias com criança de colo berrando, mas de primeiro eu era arquivista.

Então ela criou coragem e perguntou a ele do caso do orfanato, de porque não tinha a pasta do processo.

— Lembro, só que o caso não progrediu, foi abafado, como se diz.

— Mas não devia ter a pasta, o processo?

— Deve ser por causa do decreto.

— Que decreto?

— Do presidente Figueiredo. Eles chamavam de decreto secreto porque não saiu no Diário Oficial; veio um funcionário de Brasília com a autorização para retirar o que tivesse a ver com a segurança nacional; o homem levou o que quis sem passar recibo. Naquele tempo era assim. Não tinha lei. Quer dizer, para despejar os pobres tinha.

O velho continuou contando histórias daquele tempo. Júlia se interessou, mas logo o pensamento voltou à sua busca. E lhe ocorreu buscar informação no cartório de registro civil, onde, segundo o vigia Nelson, eram registrados os nascimentos das crianças adotadas como se fossem filhas naturais dos casais estrangeiros. Seu registro é de Santa Izabel, isso ela já tinha verificado, mas, e se for falso?

Faz a pesquisa no cartório pela sua data de nascimento. Não foi fácil. Inventou uma história de herança, tinha que achar o herdeiro, que havia desaparecido. A menção à herança amoleceu o funcionário, talvez contando com uma gratificação, pensou ela, ao mesmo tempo em que se espantava com a desenvoltura com que agora inventava histórias.

Inútil, nada constava nos livros de registros de nascimentos que pudesse ter relação com ela. Todas as meninas nascidas naquele período – mais de trinta – tinham registro completo, com os nomes do pai e da mãe, sem nenhuma semelhança com o seu, e o único parto que se deu em casa e não numa maternidade foi de um menino.

20

MAGNO E O QUEBRA-CABEÇAS

Magno saboreia um vinho enquanto assiste pela segunda vez um filme antigo com Basil Rathbone fazendo o Sherlock Holmes. Durval lhe falara desses filmes, que vira na juventude em branco e preto. Só agora, com o relançamento, Magno os pôde conhecer, já colorizados. Comprou a coleção completa.

Está no início do filme, quando soa o telefone. Magno estranha. Do Instituto de Criminalística não chamariam num domingo, nem que a vítima fosse o presidente da República. Sua companheira saíra faz uma hora e já deve estar no trem, a caminho da casa da mãe em Pirituba. Pressiona o stop da tevê e atende o telefone de má vontade.

— Senhor Magno da Silva Pereira?

— Sim, quem fala?

— Eu sou Júlia, a filha do engenheiro Durval, o senhor veio ao velório do meu pai quatro anos atrás...

Magno se surpreende; perpassa-o a idéia de um telefonema que nunca se espera ao mesmo tempo em que sempre se esperou.

— Mas que coincidência, dona Júlia, eu estava justamente me recordando de seu pai. A que devo este telefonema?

— É um pouco difícil explicar pelo telefone, eu poderia falar pessoalmente com o senhor?

— Mas claro, quando quiser.

— Pode ser amanhã mesmo? Eu estou morando em Jacareí. Pode ser no começo da tarde, lá pelas duas?

Magno sente ansiedade na voz da moça.

— Sim, claro, eu a espero no Instituto de Criminalística; fica colado ao Instituto Butantã, está bem assim?

— Está bem, eu sei onde fica.

— É só perguntar por mim na portaria que encaminham.

Sentindo que fora formal demais, acrescenta:

— Tem estacionamento ao lado, a senhora não se preocupe com a hora, estarei à sua espera até o final da tarde.

Magno não retorna ao filme. O telefonema lhe trouxe de volta uma enxurrada de lembranças, quase como se fosse também um filme de suspense. O tio Nunes preso no porão infecto do Raul Soares, os conselhos do Durval num momento tão delicado como aquele, ele ainda meninão, não sabendo o que fazer. A alegria, no dia em que soltaram o tio, assim que a *Gazeta* publicou a lista de estivadores presos, exatamente como o Durval tinha previsto.

Que discernimento o do engenheiro Durval. E que sangue-frio. Cada coisa é uma coisa, Durval dizia. Salvar a moçada era um imperativo moral, concordar ou não com o que os estudantes faziam era uma opção política. Foi o que o guiou, em Ibiúna, quando pegou os telefones dos estudantes para avisar as famílias, e depois também, quando o tempo fechou de vez.

Gosta de pensar que salvou algumas vidas ao passar ao Durval papel marca d'água de cédulas de identidade... E os carimbos que surrupiou? Uma vez, quase foi pego, teve que colocar de volta. O Durval, então, inventou o método de encomendar carimbos pela metade para não dar bandeira. Depois juntava as partes com uma cola especial de aviação. As cédulas de identidade o Durval plastificava com ferro de passar roupa... Era muito habilidoso.

Depois do AI5 só se falavam por telefone público. Quando era preciso passar ao Durval algum papel combinavam um almoço no Boi na Brasa, que não distava da rodoviária e era movimentado. Que tal na quarta, à uma? Marcavam dia e hora, mas valia o dia anterior ao mencionado pelo telefone. Num desses encontros passou ao Durval o auto de interrogatório da jornalista amiga dele que havia denunciado tráfico de bebês pelo orfanato de São José. A moça foi logo solta, provavelmente por pressão do jornal. Pouco tempo depois a enfermeira do orfanato desapareceu e Durval se desesperou. Magno fez de tudo para descobrir o paradeiro da enfermeira. Foi a única vez em que sentiu o engenheiro em pânico. Maria do Rosário, esse era o nome da enfermeira que ele nunca esqueceu.

Que tempos aqueles. O que será que a filha dele quer? Júlia... Nome bonito... Magno sabia que Durval a queria muito e tenta lembrar o que ele falava da filha. Na verdade, falava pouco. Sempre teve a impressão de que havia alguma dificuldade com a menina ou anormalidade, chegou a pensar que ela sofria de algum mal sobre o qual Durval não queria se abrir. A regra era não fazer perguntas desnecessárias e ele não fazia.

No dia seguinte, às duas e meia da tarde, anunciam Júlia na portaria. Ele a recebe de pé na porta de sua sala. Antes, desfizera-se da bata branca e vestira o paletó, embora sabendo que isso o tornava um tanto pomposo. Trocam cumprimentos, ambos um pouco sem jeito. Magno é formal e cumprimenta mulheres com aperto de mão e uma leve inclinação do corpo. Ele só a havia visto uma vez, no velório, trajando luto. Nota que de vestido estampado é uma jovem graciosa, de corpo esbelto e rosto harmonioso. E que não leva aliança. Já sentados em torno de uma mesa oval, Júlia retira de sua bolsa um maço de papéis. São as cartas da tia Hortência. Espalha-as sobre a mesa e diz ao delegado:

— Senhor Magno, descobri recentemente que fui adotada e meu pai nunca me disse isso, esses papéis que eu encontrei escondidos não deixam duvidas. O senhor sabia que eu era filha adotiva?

Embora espantado, Magno responde sem titubear:

— Não sabia, senhorita Júlia, estou ouvindo isso pela primeira vez.

Só então ele examina os papéis estendidos na mesa.

— Meu pai nunca lhe disse nada? Nem uma palavra?

— Nunca, senhorita Júlia. Ele me parecia especialmente preocupado com a senhorita, mas pensei que era por ser menina e muito pequena.

— E de meus irmãos ele falava? Ou de minha mãe?

— Seu pai era cauteloso ao extremo, senhorita Júlia, e tinha muito medo de mexerem com a família, só me passava o estritamente necessário para a ajuda que pedia, e insistia para que eu agisse da mesma forma, de modo que eu não fazia perguntas.

Notando desapontamento na moça, Magno explica:

— Na época, senhorita Júlia, eu era um garotão, havia recém tomado posse como delegado, e seu pai já era homem maduro. Ele me ajudou muito num momento em que eu me sentia desorientado, estavam praticando barbaridades e eu queria largar tudo, mandar tudo pro inferno; se não fosse seu pai hoje eu não estaria aqui, inteiro, e sem sentir vergonha de ser delegado de polícia.

Júlia solta um suspiro de desalento.

— Nossa relação, senhorita Júlia, era mais de pai para filho, ele o pai, eu o filho; o que ele pedia para fazer, eu fazia, o que ele não me contava eu não ousava perguntar.

— Eu quis falar com o senhor porque junto com esses formulários de adoção achei um maço de papéis e num deles aparece seu nome junto com outros nomes seguidos de números. Estava tudo escondido num estojo.

Júlia estende a Magno a folha de papel com o borrão e a lista de nomes.

Magno examina atentamente a folha amarelecida.

— Ainda reconheço a letra do Durval... Ah... Quanta coisa aconteceu, senhorita Júlia. A Vera... Minha Vera já não existe... Combinamos que ele telefonaria sempre para ela, nunca para a delegacia... E a Rosário, essa foi a moça que sumiu... Maria do Rosário, uma enfermeira que desapareceu... Paula deve ser a jornalista, Josias... Esse não sei quem é... Josias... Josias... Será que vi esse nome em algum lugar? Não. Não sei de nenhum Josias.

— Senhor Magno, uma das testemunhas do meu registro de nascimento se chama Paula Rocha e uma reportagem sobre adoção ilegal no mesmo orfanato em que eu fui adotada foi escrita por uma jornalista chamada Paula Rocha. O senhor acha que são a mesma pessoa e que é a Paula que está nessa lista?

— É muito provável, mas a senhorita tem certeza que foi adotada nesse orfanato?

— Sim, certeza absoluta. Veja:

Júlia retira da bolsa os formulários da adoção e os estende sobre a mesa.

— Magno os lê sem conseguir esconder seu espanto.

— Incrível! De fato, é o mesmo orfanato! Lembro-me bem da reportagem da Paula Rocha, porque houve um grande escândalo devido ao envio de crianças para o exterior e levaram a Paula presa; depois de uns dias soltaram.

— E o senhor sabe onde ela mora?

— Não. Nem sei se ainda vive, mas isso é fácil descobrir.

— O vigia do orfanato também falou dessa enfermeira Maria do Rosário; parece um quebra-cabeças, senhor Magno, só que eu não consigo juntar as peças. E porque meu pai tinha esses papéis? Além dessa lista de nomes, tem depoimentos de gente que foi presa e um relatório em inglês sobre crianças sequestradas. Será que isso tem a ver com a minha adoção?

Magno escuta atentamente. Recordações vão surgindo. Sim, eram personagens de uma história da qual ele próprio só conhecia fragmentos. Maria do Rosário... Nunca vira o Durval tão aflito, estava desesperado com o desaparecimento dela. Durante muito tempo Magno procurou por ela, contudo defrontou-se sempre com um muro de silêncio.

Júlia então revela que está em busca de seus pais biológicos, mas que o orfanato fechou faz muito tempo devido ao tal escândalo e os arquivos sumiram.

— Houve um processo que correu no fórum de Jacareí, mas as pastas do processo também sumiram, disseram que veio alguém de Brasília e levou tudo embora.

— É possível, senhorita Júlia, um pouco antes de acabar a ditadura os militares fizeram uma limpeza geral.

— Eu quis ler as reportagens da Paula Rocha, mas na coleção do jornal só encontrei a primeira e parece que ela ia escrever três, mas as outras duas foram vetadas pela censura e nunca foram publicadas; disseram no jornal que só vão abrir o material censurado na época do regime militar depois que o diretor do jornal publicar suas memórias e que isso ia demorar. Enfim, senhor Magno, sinto-me perdida.

— De fato, foram censuradas; eu sei porque dei uma mão à Paula Rocha quando ela escreveu as reportagens.

— Ela era amiga de meu pai? Foi ele que pediu para o senhor ajudar?

— Sim, ajudei justamente a pedido do seu pai...Faz tanto tempo, já lá se vão quase trinta anos... Lembro que tinha um policial truculento metido na história e que ele também chefiava um esquadrão da morte. Consegui muita informação sobre ele e passei para a Paula com alguns dados de entrada e saída de estrangeiros na capitania de Santos.

— E os arquivos do orfanato? O senhor ficou sabendo onde foram parar depois que o exército ocupou o orfanato?

— Certamente estão na Cúria Metropolitana, a Igreja não joga nada fora, senhorita Júlia.

— O vigia do orfanato me disse que esse tal delegado levou embora os arquivos antes da chegada do exército.

— Nesse caso, alguma coisa ele queria esconder.

— Tenho certeza que nos arquivos constam os nomes de meus pais biológicos.

— Um bom ponto de partida é a Paula, se ela serviu de testemunha no registro do nascimento, alguma coisa deve saber dos seus pais biológicos. A senhorita trouxe o registro? Deixe-me ver?

Júlia busca na bolsa a certidão e a estende ao delegado.

Magno apanha uma lupa e examina detidamente o papel.

— Humm... Cartório de Registro Civil de Santa Isabel.

Logo ergue-o contra a luz que vem da janela.

— Esta certidão é genuína, senhorita Júlia, absolutamente genuína.

— O senhor conseguiria encontrar a Paula Rocha?

— Vou investigar se ela ainda vive e nesse caso onde mora; e também essa outra testemunha, Lucília Rocha, que pelo sobrenome deve ser parente dela, talvez uma irmã ou prima.

— E os arquivos do orfanato, o senhor consegue achar?

— Isso é mais difícil, se teve envolvimento desse delegado ou mesmo dos militares, devem estar muito bem escondidos ou talvez os tenham destruído, mas vou tentar.

Júlia estende ao delegado os outros papéis que estavam no estojo, os depoimentos datilografados e as cartas manuscritas. Magno os examina um a um, devagar, mas sem se deter em nenhum, como para saber apenas do que se trata.

— Delegado Magno, o senhor sabia desses papéis?

— Não, mas sabia que seu pai ajudava esse pessoal a se esconder ou fugir para o exterior, eu mesmo ajudei uma ou outra vez. Na época eu estava encostado no setor de arquivo e isso me dava condição de requisitar informações de delegacias especializadas e até de órgãos de segurança sem despertar suspeitas. Posso xerocar esses papéis?

— Sim claro.

Magno passa a xerocar os papéis numa máquina contígua à escrivaninha. Enquanto isso, pergunta à Júlia como seu deu a síncope que matou Durval, como estavam os outros filhos e ela, em especial, o que fazia. Promete telefonar assim que tiver novidades. Depois que ela se despediu, Magno fica a pensar em tudo aquilo e como ele também gostaria de conhecer a história toda.

21

AS REPORTAGENS CENSURADAS

Marginalizado por não compactuar com a repressão, Magno passou anos encostado no setor de Arquivo e Pesquisa. Aproveitou para se dedicar à criminalística, sua paixão e o motivo de entrar na polícia. Estudou numerosos crimes de elucidação complexa. Assim familiarizou-se com os meandros do Arquivo Oficial do Estado, para onde seriam levados, terminada a ditadura, os arquivos do Departamento de Ordem Política e Social, o temível DOPS.

Para lá se dirige nessa terça de manhã, logo em seguida à visita de Júlia. Sabe que muita coisa foi expurgada antes da transferência e que o que restou é mantido deliberadamente em desordem, para dificultar consultas. Além disso, havia meses o prédio do arquivo estava em obras, fechado ao público, com apenas um funcionário, para atender o judiciário e a polícia.

Melhor assim, pensa Magno, pode pegar as pastas sem passar por atendentes xeretas. Ainda se recorda de quando buscou informações sobre Maria do Rosário, busca que nunca abandonou de todo. Descobrira, então, que agentes da repressão haviam criado uma rede secreta para dificultar o acesso aos registros dos anos de chumbo. Agora a busca era pelas reportagens censuradas e o pelo paradeiro de Paula Rocha. Magno só esteve com a jornalista uma vez, ele agora se lembra. Falavamse muito pelo telefone. O primeiro contato foi sobre os estudantes expulsos do ITA que estavam sendo processados na Justiça Militar. Ela pedira ao Magno os autos dos interrogatórios feitos pelo DOPS, para ajudá-los a se safarem na auditoria militar. Magno conseguiu. No começo, isso ainda era possível. Tempos depois, Paula o procurou de novo pedindo informações sobre o orfanato de Jacareí e o tal delegado Felipe Mesquita para a reportagem sobre tráfico de crianças, que acabou censurada e provocou sua prisão. Preocupado com a integridade da moça, Durval pediu que ele descobrisse para onde a tinham levado. Magno chegara a pensar que Durval tinha um caso com a jornalista. Só depois de tudo o que aconteceu, ele conclui que o caso do engenheiro era com a Maria do Rosário, não com a jornalista. Paula foi logo solta. Talvez por causa do telefonema que ele deu ao DOPS, perguntando por ela sob um pretexto qualquer, ou quem sabe, por pressão dos donos do jornal. Depois de solta, não mais se falaram. E nunca mais viu seu nome assinando reportagens.

Se Paula Rocha foi presa, mesmo por poucos dias, tem ficha do DOPS. Talvez até uma pasta com as reportagens censuradas. Magno começa pelo fichário de nomes, de consulta simples. Encontra muitos Rocha: Rocha, Arnaldo Cardoso ALN, morto em 1973; Rocha,

João Leonardo da Silva, desaparecido em 1975. Cada ficha traz uma relação de informes e os números das pastas onde se encontram. Enfim, Rocha, Paula, jornalista. A ficha tem os dados civis da Paula, a data da prisão, uma lista de informes e os números de duas pastas que os contém. A localização das pastas revela-se trabalhosa, tal o caos em que está o material oriundo do DOPS. Finalmente, Magno encontra uma delas. Contém um histórico de empregos e três relatórios sobre a jornalista de um informante que se assina Felipe Gonçalo Mesquita Neto. Um dos relatórios resume uma fala da Paula numa assembleia do sindicato dos jornalistas do Vale, em Taubaté. Os outros dois relatam encontros da Paula com um padre de nome Josias na paróquia de Guará em dias seguidos, 2 e 3 de janeiro de 1969. O informante não conseguiu apurar motivo dos encontros, só o nome do padre, Josias de Freitas.

As peças começam a se encaixar, raciocina Magno. Esse informante Felipe é o mesmo delegado Felipão que Magno investigara na época do escândalo do orfanato a pedido da Paula e do Durval. Esse padre Josias de Freitas deve ser o da lista encontrada por Júlia. Encontros dele com a Paula nessas datas só podiam ter como motivo o orfanato. Decerto no primeiro combinaram algo e no segundo finalizaram o que haviam combinado.

A pasta não contém as reportagens censuradas da Paula. Magno deduz que devem estar em outra prateleira, pois a censura era feita pela Polícia Federal, não pelo

DOPS. Após mais uma hora de busca localiza uma série de pastas com nomes de jornais, e entre elas a que precisava com as reportagens da Paula. São três reportagens, duas das quais jamais chegaram aos leitores do jornal. A primeira é exatamente a que Júlia lhe havia mostrado. Lê atentamente as outras duas, interrompendo apenas para tomar notas.

O tráfico de bebês em Jacareí

Como são forjados os documentos.

Segunda reportagem de uma séria exclusiva, de nossa correspondente em no Vale, Paula Rocha

Jacareí, 13 de janeiro de 1969

Conforme relatamos na nossa primeira reportagem, dezenas de bebês entregues aos cuidados do Orfanato São Vicente de Paula, de Jacareí, foram enviados ao exterior para adoção mediante documentos falsos. Nesta segunda reportagem revelamos com exclusividade como é forjada a documentação.

Os nascimentos são inscritos no cartório de registro civil de Jacareí, mediante declarações de duas testemunhas compradas, como se o parto tivesse se dado em casa de família e tendo como progenitores o casal que os vai adotar. De posse de uma certidão desse registro é pedida ao consulado do país de origem do casal, a maioria deles italianos, a averbação de um aditivo nos passaportes, permitindo assim que a criança embarque como filho legítimo e biológico do casal que a adotou.

Segundo fontes seguras as autoridades policiais do Vale e o tabelionato de registro civil de Jacareí têm ciência da prática de falsidade ideológica nas declarações das testemunhas e fazem vista grossa. Na próxima reportagem: como se dá o conluio entre autoridades policiais, o clero e os cartórios.

A terceira reportagem:

O tráfico de bebês em Jacareí

O conluio entre clero, polícia e cartório.

Terceira reportagem de uma séria exclusiva, de nossa correspondente no Vale, Paula Rocha

Jacareí, 14 de janeiro de 1969

Conforme relatamos nas duas reportagens anteriores, dezenas de bebês de mães brasileiras foram enviados para adoção no exterior pelo Orfanato São Vicente de Paula, de Jacareí, mediante documentação forjada. Nesta terceira reportagem revelamos com exclusividade como opera a rede de tráfico de bebês do Vale do Paraíba.

Tudo começa nas paróquias dos bairros e vilas mais pobres, que proliferam no vale. Mulheres jovens, algumas ainda adolescentes que procuram os padres confessores para se aconselharem, são encaminhadas ao Orfanato São Vicente de Paula, que também possuiu uma Casa Maternal. Muitas dessas jovens mães desesperadas por não terem como criar seus bebês os deixam para adoção.

> O próximo passo é o aviso da chegada do bebê à família do exterior inscrita no esquema. O casal logo que desembarca visita o orfanato para examinar a criança e instala-se num hotel de São José, ou em Taubaté ou mesmo em São Paulo, aguardando a confecção dos documentos. Esta reportagem constatou que muitos casais aqui ficaram hospedados antecipadamente, dois e até três meses, à espera da chegada de um bebê. Seguindo-se então o mesmo processo já descrito na reportagem anterior.
>
> Fontes da mais absoluta confiabilidade asseguraram a esta reportagem que os registros são sempre feitos no Cartório de Registro Civil de Jacareí porque já há uma combinação entre as partes. Para esse fim, os casais adotivos deixam ao orfanato uma contribuição generosa.

Belo trabalho, Magno sentencia. Conhecia alguns fatos, mas não a história toda. Agora iria descobrir se a Paula ainda era viva e onde morava.

22

Na sucursal do inferno

Alguém despertara na madrugada ao som de pés arrastados e despachara o aviso pelas paredes. Mais uma queda. O cortejo macabro some nos fundos do pavilhão. Os presos já não dormem. Querem saber quem caiu. Precisam saber quem caiu. Agarram-se às grades, ansiosos. Quem será? O fundão é a sucursal do inferno. O próprio diretor diz isso. A superposição de murmúrios e batidas nas grades vai formando uma cacofonia contínua e de intensidade crescente, até se tornar ensurdecedora.

O agente penitenciário Maciel, que todos chamam de Juruna, sabe que fazem estardalhaço para impedir que o preso seja morto. Nem sabem que é mulher. Mas sabem que da sucursal do inferno poucos saem vivos. Ela a viu de relance e se impressionou com o olhar intenso que, mesmo cambaleante, ela lhe dirigiu. As pupilas negras envoltas em sangue e o rosto e os braços cobertos de hematomas. A blusa rasgada deixava à mostra os seios. Adivinha, transtornado, o que estão fazendo com a moça no fundão, e sente-se mal.

Maciel é espírita, acredita na reencarnação e migração das almas. Não suporta maus-tratos, nem em gatos e cachorros, muito menos em gente. Podem estar torturando seu pai ou seus avós, reencarnados. Em vinte anos de agente penitenciário, nunca viu tanta maldade. Nem contra os criminosos mais bestiais, os assassinos, os estupradores. Quando não tinha preso político, não tinha nada disso. Apanhavam na delegacia, mas depois que entravam na cadeia, acabava a tortura. Era cumprir a pena e só. Não entende o motivo do martírio dos presos políticos. Não tem fim. E não tem capa preta com alvará de soltura, não tem remissão de pena, não tem habeas corpus, nada. Maciel sente outra vez aquela vontade danada de largar tudo. Vem tendo pesadelos com presos políticos.

Eles é que o apelidaram de Juruna, por causa da sua pele cor de terra e os olhos meio repuxados. Seu cabelo é negro e liso, igual mesmo de índio, mas ele não tem nada de índio, a mãe era maranhense e o pai alagoano. Nenhum dos dois descendentes de índio. Mas inventaram o apelido e pegou. Ali ninguém fica sem apelido. Até os outros carcereiros passaram a chamar ele de Juruna.

Quem trouxe a moça foi aquele delegado nojento de São José. A lembrança do delegado fez o Juruna se decidir. Sou espírita, acredito em Jesus e na reencarnação. Não sou um animal. Na primeira cela, Juruna faz um sinal discreto ao preso e sussurra: é mulher de uns vinte a vinte e poucos anos, bonita, café com leite, cabelo encaracolado e uma pinta na bochecha; nome não sei, quem trouxe foi aquele delegado de São José que mata de encomenda. Apanhou demais.

A informação é repassada por bilhetinhos e murmúrios de cela em cela até o fim da ala direita e retorna pela ala esquerda até a entrada do pavilhão. Aos poucos vão rareando as pancadas nas grades e finalmente o barulho cessa por completo. Os presos agora forçam suas memórias tentando lembrar uma moça morena que tem uma pinta na bochecha. Foi trazida do Vale do Paraíba, provavelmente de São José, mas a qual organização ela pertence? Isso, o Juruna não disse.

O pavilhão está mergulhado em desespero coletivo. Faz-se um silêncio de morte. Assim transcorrem cinco, dez minutos. Juruna antecipa a explosão e foge para seu quartinho. Súbito, o grito de dor vindo do fundão. Um grito único, longo e cortante. E o pavilhão explode.

23
A HISTÓRIA DE PAULA ROCHA

Magno está chocado com o desleixo ostensivo e a má aparência da jornalista que vira outrora jovem e airosa. O apartamento, no terceiro andar de um prédio decrépito e sem elevador, está atulhado de livros, revistas e jornais velhos. Pombos ciscam no parapeito da janela escancarada. Cacas, em parte já petrificadas, cobrem o soalho.

Magno chegara ao conjunto habitacional, perdido na periferia de São José, por uma conta de luz em nome de Lucília Rocha. Estranhara, porque já tinha descoberto que Lucília Rocha falecera havia anos. Podia ser um contrato antigo, talvez as irmãs tivessem compartilhado o apartamento e o contrato de luz permaneceu como estava. Mas constava débito automático numa conta bancária também pertencente a Lucília Rocha. Não pode ser, raciocinara. Banco nenhum mantém conta de falecidos.

Seguiu a pista da conta. Já intuía o que tinha acontecido. E viu sua intuição confirmada quando foi atendido na porta por Paula Rocha, embora de início mal a tenha reconhecido. Estava envelhecida, gorda e de cabelos encanecidos. Ela, porém, o reconheceu assim que lhe abriu a porta.

— Eu não fiz poupança, Magno, diz, ao perceber seu constrangimento.

Por outros jornalistas, Magno já sabia que Paula Rocha havia anos se desencantara da profissão e sumira do mapa. Nunca mais a viram nos botecos frequentados pelos colegas, nem no sindicato ou outros pontos de encontro de São José.

Paula Rocha vai à cozinha preparar um café. Sentado na beira de um sofá encardido, Magno observa que ela arrasta os pés e suspeita de diabetes. Passados alguns minutos a jornalista retorna com uma bandeja e duas xícaras de café.

Magno não sabe como começar a conversa. Então diz:

— Tenho uma boa notícia, encontrei as reportagens censuradas sobre o orfanato, belas reportagens.

— Não diga! Onde estavam?

— No arquivo do governo do Estado, numa pasta da Policia Federal.

— Belos tempos, ou melhor, os tempos eram ruins, mas naquela época eu ainda acreditava no jornalismo, acreditava em muitas coisas, hoje eu não acredito em nada.

— Quando você deixou de acreditar?

— Quando me demitiram por causa das reportagens. A demissão demorou porque não queriam dar bandeira, mas foi por causa das reportagens do orfanato, tenho certeza, por ter mexido em vespeiro, mexido com a igreja.

— Você não foi para outro jornal?

— Fui pro escanteio, isso sim... Fiquei marcada, não arranjei mais emprego que prestasse em jornal nenhum, entrei na lista negra, você sabia dessas listas, Magno?

— Claro que sabia, não era só nos jornais, tinha lista negra na indústria, nos bancos, nas estatais, a pessoa não conseguia emprego e não sabia por quê.

— Mas no jornalismo foi pior, Magno, muito pior, afastaram os jornalistas mais antigos, os que sabiam das atrocidades da ditadura, os que tinham tido muitas matérias censuradas, como era o meu caso, apagaram o passado, o estrago ficou pra sempre...

— Pensei que só tinham expurgado os arquivos, expurgaram também as redações...

— Se aproveitaram da nossa greve, não sei se você se lembra, a greve de maio de 1979, durou uns vinte dias, foi muito louca e quando acabou vieram as demissões.

— Mas a tua demissão por causa das reportagens do orfanato foi em 1969, dez anos antes. Você sumiu muito antes dessa greve, eu sei porque durante algum tempo ainda procurei teu nome assinando reportagens.

— É que depois do desaparecimento da Maria do Rosário eu entrei em pânico. A Rosário tinha ficado no meu apartamento até dar à luz, me deu até diarreia de tanto medo.

— Não sabia que ela estava grávida.

— Grávida do Durval.

— Do Durval... Magno murmura, sem esconder seu espanto. Depois, diz:

— Agora eu entendo o desespero do Durval quando ela desapareceu...

— E o meu desespero! A próxima a ser pega seria eu, Magno. Eles estavam sumindo com todo mundo. Primeiro, me escondi no apartamento da Lucília, mas meu medo era tão grande que decidi desaparecer, sumir do mapa, encarreguei a Lucília de vender o apartamento e me mandei pra Bahia. Fiquei numa pousada, numa praia perdida, dando uma de bicho grilo, fiquei lá quase um ano. Só voltei porque a Lucília adoeceu, era coisa grave, um câncer. Além disso, a situação tinha melhorado e a poeira do caso da Rosário já tinha baixado. Quando a Lucília morreu, três meses depois, tive a idéia de assumir a identidade dela. Eram só dois anos de diferença de idade e tínhamos quase a mesma cara; queimei meus documentos e fiquei com os dela.

Trocaram reminiscências por mais meia hora. Magno revela a Paula Rocha o motivo de sua visita. Preparar o terreno para um encontro com a filha adotiva do Durval. Fora adotada no mesmo orfanato objeto das reportagens e queria saber tudo sobre o orfanato, queria chegar aos arquivos do orfanato para descobrir sua mãe biológica.

— Bem, agora você está sabendo, a mãe dela é a Maria do Rosário.

— Mas eu vi os papéis de adoção do orfanato...

— Adoção coisa nenhuma, ela nasceu no meu apartamento e quem cortou o cordão umbilical fui eu. Traga a moça aqui que eu explico tudo.

24
REVELAÇÕES

Magno nota que nada mudou no apartamento desde a visita anterior. Júlia parece não se importar com a desordem. Magno faz as apresentações. Júlia, tensa, torce as mãos. Estão os dois sentados no sofá. Paula Rocha, sentada na frente deles, numa cadeira de espaldar alto e estofado puído, se mantém calada, porém fita Júlia com olhar intenso.

Magno havia decidido que cabia à Paula Rocha, e não a ele, revelar a história do caso do Durval com a Maria do Rosário. Dissera apenas que Paula Rocha conhecera a mãe dela.

As perguntas de Júlia saem gritadas e entrecortadas.

— Então a senhora conheceu minha mãe?

— E você é a brasinha... A minha brasinha, ele dizia...

— Como assim?! Nunca ouvi isso... Brasinha...

— É uma história complicada...

— Como a senhora conheceu minha mãe?

— Teu pai nunca te disse nada?

— Nunca. Descobri que fui adotada por acaso. Depois que meu pai morreu, achei uns papéis, umas cartas da minha tia...

— Você não é filha adotiva coisa nenhuma, isso foi uma farsa montada pelo Durval e pela Maria do Rosário; você é a filha dele com a Maria do Rosário, a Maria manda-brasa, como a gente chamava, brasinha vem daí...

Júlia se ergue de supetão.

— Então meu pai é meu pai mesmo?!

A jornalista confirma com um gesto de cabeça.

Seguem-se segundos de silêncio. Magno sente a gravidade do momento e se mantém calado.

Ainda de pé, Júlia pergunta:

— Então meu pai teve um caso com essa Maria do Rosário? E onde eu posso encontrar a minha mãe?

A jornalista não responde. Finge ter se lembrado de algo, ergue-se e vai à cozinha. Não chega a ser obesa, mas é gorda e se move devagar. Júlia voltara a se sentar. Está trêmula. Magno pensa em falar sobre o desaparecimento da Maria do Rosário, mas não sabe como começar. Nunca foi bom em assuntos delicados; teme chocar. Nesse ínterim a jornalista retorna com uma bandeja e dois copos d'água e diz com voz pausada e grave:

— Sua mãe, Júlia, já não vive.

Júlia se ergue outra vez.

— Calma, Júlia, calma, deixa eu te dar um pouco d'água, pronto, beba, senta aí e se acalme... Isso, vamos devagar... É muita coisa de uma vez só... E eu não gosto de lembrar... Não gosto mesmo... Já tinha passado uma esponja em tudo, até o Magno me achar.

Afundada na poltrona, Júlia é tomada por uma tristeza profunda, como nunca havia sentido; de repente tem mãe e de repente já não tem... Não vai conhecê-la, nunca...

Custa a se recompor. Finalmente, pergunta:

— Por que meu pai nunca me disse nada?

Pergunta como quem acusa.

Quem responde é Magno:

— Eram tempos difíceis, senhorita Júlia, seu pai precisou esconder tudo de vocês para proteger a família.

— Mas e depois? Depois que tudo acabou?

— A ditadura durou muito anos, senhorita Júlia, depois não sei.

— No velório de papai o senhor também não me disse nada...

— Por que eu não sabia, senhorita Júlia, também de mim seu pai guardou segredo de muita coisa, e fez ele muito bem; se não fossem os cuidados do Durval, talvez estivéssemos hoje na lista dos desaparecidos políticos.

— Minha mãe está nessa lista? Júlia pergunta à jornalista.

— Não, nem isso... Deveria estar... Talvez um dia, se algum parente reclamar... Bem, agora tem você, não é mesmo? É a sua mãe, você pode reclamar... Meu Deus, como você é parecida com ela... É a cara dela, só não tem a pinta na bochecha, o charme da Rosário era a pinta.

A jornalista esfrega o rosto com as mãos talvez para afastar uma ameaça de lágrima, e afunda na poltrona, pensativa. Júlia não reage, não fala nem chora, sente-se exausta, revê a figura do pai brincando, levando-a ao colégio... Tantos anos, sem nunca lhe dizer nada.

— Minha mãe não teve outros filhos? Não tinha irmãos? É por isso que não está na lista?

— A Maria do Rosário não tinha pais nem irmãos. Ela, sim, é que foi adotada. Pelas madres. Ela nunca soube quem foram os pais dela e nem fazia questão de saber. Foi entregue ainda bebê no orfanato e criada pelas vicentinas.

— Por que ninguém a adotou?

— Essa parte da vida dela eu conheço pouco, a Maria do Rosário não gostava desse assunto.

— Minha mãe nunca se queixou da falta de família?

— Ela teve sorte com uma das madres que dirigia o orfanato e cuidou dela como filha. Dizia que a família dela era a comunidade eclesial e a organização.

— Que organização?

— A Ação Popular. Começou numa dessas juventudes católicas, a JEC, acho que no ginásio, depois foi para a Ação Popular, como muitos deles; confere Magno?

— Correto, ela foi pega em sequência a umas quedas da Ação Popular.

— Como é que meu pai entra na história?

— Teu pai não era de nenhuma organização, mas ajudava, diz Magno.

— Ajudava como?

— Ele ficou revoltado com a prisão dos seus estudantes e começou a se envolver; foi quando ele me pediu ajuda. Depois, não paramos mais. Seu pai levava mensagens, passava dinheiro, ajudava a esconder gente. Até documentos falsos ele forjou. Foi assim que conheceu a sua mãe. O contato dele com a Ação Popular era a Maria do Rosário.

Júlia ouve calada, olhar fixo nos olhos do delegado. A jornalista, que acompanhava em silêncio, ergue-se:

— Vou fazer um café, diz.

Vai à cozinha e dessa vez demora mais, quase dez minutos. Magno desculpa-se com Júlia por saber tão pouco de sua mãe. Fala do desespero do pai quando ela sumiu.

— Pediu que eu fizesse de tudo para descobrir o paradeiro da Maria do Rosário, implorou, parecia desesperado, mesmo assim só me passou o estritamente necessário para ajudar na busca, o nome, o dia que foi vista pela última vez e a descrição dela, morena, muito bonita e com uma pinta no rosto.

— E o senhor nunca descobriu nada?

— Quase nada. A bem da verdade, senhorita Júlia, nesses anos todos nunca parei de procurar; sempre que me cai na mão algum papel daqueles tempos, me vem o impulso de achar alguma pista da Maria do Rosário.

A jornalista está de volta com a cafeteira e as xícaras. Chega arrastando os chinelos, senta-se e diz em tom de reminiscências.

— Eu era muito amiga do seu pai, sabe? Uma vez eu o entrevistei sobre umas máquinas inventadas por ele, seu pai era um gênio da mecânica. A entrevista ficou muito boa, deram destaque, seu pai ficou mais importante ainda, e os milicos também gostaram...

A jornalista serve o café e retoma o relato.

— Tempos depois ele me telefonou e disse que um estudante estava sendo barbarizando; se não saísse nada no jornal iam matar o rapaz. Estava assustado. Resolvi arriscar, afinal era uma vida, telefonei para a imprensa do ITA e joguei verde, disse que soube de uma onda de prisões, dei o nome do tal aluno e outros inventados na hora; eles caíram feito patinhos, desmentiram indignados, disseram que foi apenas uma prisão e deram nome do rapaz. Ainda fiz algumas perguntas, qual era a acusação, montei uma notinha de dez linhas, bem discreta, e o jornal deu. Salvamos o rapaz. Anos atrás esse cara veio me agradecer, e eu disse: agradeça ao engenheiro Durval dos Santos Lima; mas ele nem se lembrava mais do teu pai.

— Papai morreu há cinco anos.

— Eu sei, vi no jornal, morreu moço. Uma figura, teu pai; depois desse caso, de vez em quando tomávamos uma cerveja. Um dia ele disse: Paula, vou te dar uma dica que vai te valer um prêmio Esso – e me apresentou à Maria do Rosário. Tua mãe me contou a história dos bebês mandados pra Itália e disse: manda-brasa. Sempre dizia isso, manda-brasa. Só exigiu que eu comprovasse. Ainda me passou o contato com o Magno, que podia me dar umas dicas, certo Magno?

— Correto.

— E como você comprovou? Júlia pergunta.

— Você não vai acreditar. Eu era meio gordinha; me fingi de grávida e fui confessar com um padre da linha carismática que não me conhecia, o padre Venâncio. Quando eu disse que estava desesperada e que meu namorado tinha mandado abortar, o padre Venâncio disse que aborto era pecado gravíssimo, pois a vida só Deus dá e só Deus pode tirar. Aí eu perguntei: mas o que eu faço? Então ele abriu o esquema, disse que a igreja tinha como amparar infelizes como eu, era para ir à Casa Maternal do orfanato São Vicente de Paula, e lá cuidariam de mim e da criança. Conheciam famílias que podiam adotar, até famílias do exterior, que não era para eu me preocupar. Era a comprovação que eu precisava. Depois montei a mesma farsa com outro padre, de Guará, que também não me conhecia, e foi a mesma coisa. Muitos padres do Vale estavam metidos no esquema. Era uma rede, vejam só! Uma coisa organizada! Ainda conversei com um antigo porteiro do orfanato, que confirmou. Não tive mais dúvidas.

— E ganhou o prêmio Esso?

— Ganhei um chute no traseiro, isso, sim. Em vez de prêmio, veio uma prisão de quatro dias e a demissão do jornal, o Magno lembra disso porque entrou em campo para me soltarem, certo Magno?

— Correto.

— Os milicos censuraram a segunda reportagem e a terceira também, era uma série... Tempos depois fui demitida.

— A senhora conheceu bem a minha mãe? Como ela era?

— Tua mãe era uma mulher especial, liberada, o que naquela época não era pouca coisa, ainda mais nesse interior...

— Que mais?

— Que mais? Tudo! Era cheia de vida, falava pelos cotovelos e queria saber de tudo. E sempre atuando, além do expediente no orfanato fazia trabalho voluntário nas comunidades.

— Ela era bonita?

— Muito bonita, morena, cor de mel de laranjeiras, como se diz, e de olhos negros. Uma mulher formosa, pode-se dizer.

— A senhora tem alguma fotografia dela?

— Eu tinha fotografias de nós três, eu, teu pai e a tua mãe, mas queimei tudo quando a coisa melou, eu já tinha sido presa uma vez...Teu pai também queimou muita coisa.

— A senhora falou que adoção foi uma farsa, mas eu não entendi, uma farsa como?

— A Rosário engravidou de caso pensado, queria ter um filho do teu pai, mas na situação de militância dela era perigoso, podiam chantagear, não vou nem te contar o que faziam. Teu pai então acertou com a Rosário que se acontecesse o pior ele levaria a criança para São Paulo como se fosse adotada. Deixaram tudo preparado, para simular a adoção.

— Como a senhora ficou sabendo disso tudo?

— Ora, Júlia, tua mãe ficou no meu apartamento até dar à luz! Não nesse aqui, num outro maior. Você nasceu no meu apartamento! E tem mais, nasceu de parto natural, sem parteira nem nada! A ideia da tua mãe era sair do orfanato faltando uns quatro meses para dar à luz, mas a reportagem precipitou tudo e ela veio antes. Você sabia disso, Magno?

— O Durval nunca me falou para onde ela foi quando abandonou o orfanato; veja como ele era cauteloso.

— No que ela foi presa, teu pai pôs em prática o estratagema da adoção; fizemos igual as madres, um registro de nascimento dizendo que a Rosário pariu em casa de família, o que no caso era a pura verdade, mas pondo como nome da mãe a mulher do Durval; escolhemos um cartório de uma cidadezinha que não tivesse maternidade, mas não tão pequena que todos se conhecessem

— Santa Isabel, diz Júlia.

— Exato.

— Mas meu pai podia ter me falado...

— Já te disse, foi uma época anormal, as pessoas tinham que esconder coisas da própria família. Havia muito segredo. Teu pai tinha muito medo de vocês sofrerem por causa do envolvimento dele. Criou uma espécie de muro, entre a vida com vocês e essa outra vida.

Júlia não parece convencida e diz à jornalista:

— O que eu acho muito estranho é que trair e mentir não combinam com meu pai; ele estava apaixonado pela minha mãe biológica? Ou foi uma aventura?

— Teu pai me disse certa ocasião, depois de muita cerveja, que a mulher dele não fazia mais sexo porque não podia ter filhos. Quem sabe a abstinência dela empurrou teu pai pra Rosário... Um homão daqueles... Mas o fato é que estavam apaixonadíssimos, no meu apartamento pareciam dois pombinhos...

— Você está sabendo coisas do meu pai que nem eu sabia.

— Teu pai também me disse que tua mãe adotiva, a esposa dele, tinha virado beata, era muito católica, e uma católica não poderia viver com um homem que teve uma filha no pecado; divorciar também não podia, a igreja não aceitava. A única solução era inventar uma história de adoção, com chancela da igreja e tudo.

— Minha mãe foi morta quanto tempo depois de eu nascer?

— Explique a ela, Magno.

— A Maria do Rosário desapareceu poucos dias depois de ser presa.

— Já que ela tinha sido morta, não podiam me entregar para adoção?

A jornalista responde quase aos gritos:

— Entregar por quê, se teu pai te queria? E você era filha dele! Você ainda não entendeu?! Queria te criar, queria você como filha, cuidar de você! E o jeito encontrado foi esse, inventou que você era um bebê abandonado nos vicentinos, fajutou os papéis, até um certificado de adoção do rito católico...

— E se minha mãe de verdade não tivesse sido presa e morta, como eles iam fazer? Meu pai ia viver com duas famílias, uma em São Paulo e outra aqui?

— Sei lá!? Muita gente vive assim, com ditadura ou sem ditadura... Se você soubesse o que tem de homem levando vida dupla... O que tem de velório em que aparecem duas viúvas... Mas acho que ninguém pensou nisso.

— Minha mãe adotiva nunca ficou sabendo da Maria do Rosário? Ou de eu ser filha do meu pai?

— Pelo que o Durval me contou, deve ter desconfiado, mas muito tempo depois.

— Por quê? Aconteceu alguma coisa?

— Acho que não. Nada de especial. Pelo carinho dele com você. Talvez alguma semelhança, esse teu nariz não deixa de lembrar o do Durval... Não é mesmo Magno?

— Correto.

— E como foi que prenderam minha mãe? Júlia pergunta ao Magno

A jornalista se interpõe:

— Deixa para lá, Magno, são águas passadas.

— Mas eu quero saber, insiste Júlia.

— Saber pra quê? Pra ficar na fossa? Tristeza não paga divida.

Magno diz, hesitando;

— O que entregou a Rosário foi a pinta na maçã do rosto. Eles sabiam que havia um contato em São José, que era uma morena, jovem, e tinha uma pinta no rosto, confere, Paula?

— Sim, primeiro caiu um padre com o relatório que falava do orfanato.

— O padre Josias.

— Você sabia dele, Magno?

— Desconfiei ao ler tua ficha do DOPS; você nunca me falou dele... Aliás, você sumiu.

Júlia interrompe:

— Minha mãe de verdade era muito católica?

— De jeito nenhum, ela era da Igreja de Libertação, responde a jornalista.

— Não entendo direito...

— Eles se consideravam revolucionários, a tua mãe, então, nem se fala, queria mudar o mundo, mas ao mesmo tempo ela tinha muito isso de caridade cristã, ajudar os pobres... Tua mãe adotiva ia gostar dela.

— Meu pai era um agnóstico, para ele Deus não existia e religião era igual superstição.

— Sim, eu sei.

Ao se despediram, Magno puxa a jornalista de lado:

— Um dos relatórios que encontraram com o padre Josias era sobre os bebês.

— Ideia da Rosário, ela adivinhou que iam censurar as reportagens e bolou esse relatório para mandar para fora. Você acha que de mim chegaram ao padre?

Magno sente o tremor na voz da velha jornalista, não sabe se fala o que pensa, por fim diz:

— Pode ser que te soltaram logo depois que saiu a reportagem para ver com quem você ia se encontrar.

— Que horror.

— Ele caiu semanas depois, mas você não tem nenhuma culpa, tire isso da cabeça, nenhum de nós tem culpa, a culpa é toda deles; e você fez muito bem em desaparecer.

Magno se despede e alcança Júlia no hall de saída.

25
EPÍLOGO

Júlia consegue os telefones da Secretaria Nacional dos Direitos Humanos e do grupo Tortura Nunca Mais. Indaga se Maria do Rosário consta de alguma lista de mortos e desaparecidos políticos. Dizem que não. Pergunta se estavam montando algum banco de DNA, para identificar despojos quando fossem localizados. Dizem que sim.

— Eu quero registrar o desaparecimento de minha mãe, Maria do Rosário, doar meu DNA para esse banco de dados, como é que eu faço?

Dois dias depois Júlia retorna ao apartamento da jornalista. No que a porta se abre, vai direto à cozinha, sem pedir licença. Prepara café, volta com a cafeteira fumegante, serve e já sentada ordena à jornalista, atônita:

— Agora me conte, me conte tudo; tudo, tudo, tudo. Como foi que minha mãe foi presa? O que aconteceu depois? Como ela foi morta? Quero saber tudo.

A jornalista prova do café em silêncio. Parece contrafeita. Depois de um longo minuto diz:

— É difícil falar essas coisas, é difícil até de acreditar... Eles arrancavam tudo o que podiam dos presos, os nomes, os endereços, depois matavam e sumiam com os corpos. A Maria do Rosário foi pega nessa época, na pior época.

Júlia lembra os depoimentos encontrados no estojo de metal. Como é que na escola nunca falaram dessas barbaridades? Como é possível em pleno século vinte sumirem com uma pessoa assim?

— Nunca se descobriu nada?

— O Magno conseguiu descobrir que ela foi morta numa penitenciária do interior. Isso é quase certo porque os dados da mulher que lá foi morta e de quem prendeu conferem.

— Quem foi que prendeu?

— O mesmo delegado de polícia que andou metido na história do orfanato... Um tal de Felipão.

— Ele ainda vive?

— Não, morreu faz tempo. Esse Felipão era um psicopata, montou um esquadrão da morte no Vale e matava por encomenda. Dizem que matou um dirigente de boias-frias, mas isso nunca foi provado; acabou morto também de encomenda, queima de arquivo.

— O que mais você sabe dele?

— Ele era de uma família tradicional, mas complicada, os Mesquitas, donos de fazendas, uma pros lados de Jacareí, outra em Caçapava.

— Complicada por quê?

— Por causa de uma tragédia. Eram seis irmãos, o Felipe era o mais velho, taludo, devia estar com uns 18 ou 19 anos, os outros eram todos pequenos. Aparecerem umas manchas na caçula que era o xodó do velho e ele achou que era lepra. Pois não é que o homem enlouqueceu?! No meio da noite gritava que os padres enganaram a mãe dele, que deram uma fazenda por nada. Uma noite, agarrou a espingarda, matou a mulher, depois percorreu os quartos e matou os cinco filhos. Depois tentou se matar com a mesma espingarda e não conseguiu, então se enforcou.

— Não se salvou ninguém?

— Sobrou justamente esse Felipe, que passava as noites num puteiro de Guará; aliás, costumava alardear que o que salvou a vida dele foi a putaria. De um dia para o outro ficou sem família. Vendeu parte da fazenda, torrou o dinheiro, aproveitou as amizades que havia feito com os policiais no puteiro e entrou para a polícia, virou delegado.

— Foi quem prendeu minha mãe?

— Foi. Quando veio a ditadura pediram alguém da polícia que conhecesse bem o vale e lá foi o Felipe para a repressão.

— E como foi que ele prendeu minha mãe?

— Ele sabia da pinta no rosto da Maria do Rosário e que ela ia pegar um ônibus pra São Paulo, só não sabia a hora. Ficou plantado na rodoviária. Ela estava sozinha e não teve chance. Isso foi de tarde, o ônibus das 14 horas, foi a informação que conseguimos levantar, foi na rodoviária, no ônibus das 14 horas e quem prendeu foi esse filho da puta do Felipão.

— E depois?

— Depois o quê?

— Depois! O que aconteceu?! Como ela morreu?!

— O que o Magno conseguiu descobrir, ele já te disse.

— Mas eu senti que ele pulou uma parte, achei que não quis me chocar.

— Você quer mesmo saber?

— Quero, preciso.

— O que nos disseram é que a tua mãe teria sido levada a um sítio clandestino que eles tinham para os lados de Guará ou Caçapava, e alguns dias depois chegou muito machucada nesse presídio do interior que o Magno mencionou. Isso do presídio é certo, teve gente que viu. Lá mataram a tua mãe. O próprio Felipe matou. Depois sumiram com o corpo.

Naquela noite Júlia não pregou os olhos. Imaginou a mãe na rodoviária, aproximando-se do ônibus para embarcar, o policial vindo por trás e agarrando seu braço com força, ou quem sabe eram dois, um de cada lado, a mãe em desespero, primeiro fingindo perplexidade, depois tentando gritar, logo sendo arrastada, seu olhar assustado percorrendo as pessoas em sua volta, a clamar inutilmente por socorro.

Às cinco da manhã finalmente sucumbiu ao sono. Por quatro horas dormiu profundamente. Despertou agoniada e viu no relógio digital que era sábado. Lembrou-se da Dasdores a desabafar todo sábado na Igreja da Matriz. A Dasdores que entregara às madres seu bebê nascido com saúde e com uma pinta na bochecha. A Dasdores que de menina moça fora violentada pelo patrãozinho dos Mesquita. Fez um cálculo rápido, pôs água a ferver, vestiu-se depressa, coou o café, sorveu uma xícara, preto e sem açúcar, e dirigiu até São José.

Sua busca tomara um rumo inesperadamente penoso. Em três semanas passara por uma ruptura interior. Sentia-se sobrecarregada, como se tivessem colocado sobre seus ombros uma canga que precisaria transportar por toda a vida. Em vez de encontrar a mãe, encontrou uma tragédia, que também era sua, que passava a ser sua. Uma tragédia atravessando três gerações.

A velha que vai todo sábado se lamentar na matriz de São José é sua avó, a avó que nunca teve. Ia se apresentar como sua neta. Ia dizer que a filhinha por quem chorava nunca foi levada à Itália. Ia dizer que sua filhinha tornara-se uma mulher bonita e boa e teve vida curta, mas intensa. Ia pedir uma amostra de seu sangue para o banco de DNA. Não. Isso não era necessário.

– *fim* –

Nota explicativa: A primeira versão desta novela foi completada em novembro de 2011. Passou por muitas mudanças até chegar a esta versão, em novembro de 2019. Embora os cenários em que se desenvolve a história sejam calcados em acontecimentos, a trama e seus personagens são puras invenções. Agradeço aos amigos que a leram e palpitaram: Celso Suyama, Enio Squeff, Flamarion Maués, Haroldo Ceravolo Sereza, Joana Monteleone, Zilda Junqueira e minha mulher, Mutsuko.

Alameda nas redes sociais:

Site: www.alamedaeditorial.com.br
Facebook.com/alamedaeditorial/
Twitter.com/editoraalameda
Instagram.com/editora_alameda/

Esta obra foi impressa em São Paulo no outono de 2020. No texto foram usadas as fontes Electra em corpo 11,8 e entrelinha de 16,5 pontos, e Isidora em corpo 12 e entrelinha 16,8